Op de manege

Lisa Burggraaf

# Op de manege

Met illustraties van Saskia Halfmouw

Van Holkema & Warendorf

ISBN 978 90 475 06 942
NUR 282
© 2009 Uitgeverij Van Holkema & Warendorf,
Unieboek BV, Postbus 97, 3990 DB Houten

www.unieboek.nl

Tekst: Lisa Burggraaf
Illustraties: Saskia Halfmouw
Omslagontwerp: Petra Gerritsen
Zetwerk: ZetSpiegel, Best

# Inhoud

## Manou gaat naar de manege

Manege De Paardenstaart  9
Waar de staart zit, is de achterkant  14
Wat een kreng  20
Dat is niet waar!  25
Wauw, dat ging hard!  29
Nou mag jij  33
Ik heb gereden!  38
Word je nu een paardengek?  44
Dat heb je in een dorp  50
Het gaat lekker  54
Gaan we vanmiddag weer?  59
Jij voelt je zeker al een hele ruiter?  62
Dat is nog eens lief!  66
Tot zover de rondleiding  72
De kat gaat ook mee  76
Nu heb ik twee vriendinnen  80

## Manou krijgt rijles

Kunnen ze nog harder? 85
Er is toch geen brand of zo? 89
Begin jij ook al? 94
Dan zou ze wat meemaken! 98
Typisch een kleuter! 102
Een echte boer 106
Ik wil het allemaal zien 109
Dat is lang geleden! 115
Ben jij nou Stef? 119
Niet gek voor een bejaarde 122
Welke rare namen? 126
Je bent een stadsmeisje of niet 130
Moet je opletten 133
Dit is nou uitstappen 136
Ik wilde jullie bedanken 140
Een echte les! 145
Het werd nu allemaal wel erg echt 149
Waarom zegt ze dat dan niet gewoon? 152
Mag ik? Please, please, please? 156

# Manou gaat
# naar de manege

# Manege De Paardenstaart

Wat een gekke naam, dacht Manou toen ze het bord bij de oprijlaan van de manege zag. Manege De Paardenstaart! Hoe
kwamen ze erop?
Glimlachend keek ze naar Stef, die naast haar liep. 'Leuk bedacht, hè?' zei ze, terwijl ze op het bord wees.
Stef knikte afwezig. Ze had veel meer interesse voor de pony's die al klaarstonden op het erf. 'O, daar is Gullit al!' riep
ze blij. 'En Nistelrooij en Davids!'
Manou bekeek haar vriendin verbaasd. 'Dat zijn ook al zulke
rare namen. Zo noem je pony's toch niet?'
'Wel, hoor.' Stef keek haar stralend aan. 'Die namen zijn een
grapje van meneer Van der Meulen zelf. Omdat hij zo van
voetballen houdt, heeft hij alle pony's de namen van voetballers gegeven.'
Vandaar dat een paar van die namen haar zo bekend voor-
kwamen, bedacht Manou. Ze schoot in de lach. 'En heet er
soms ook eentje Sneijder?' vroeg ze. Van Wesley Sneijder had
haar zus Claire een poster op haar kamer hangen. Die vond
ze een lekker ding, zei ze.
Stef schudde haar hoofd. 'Nee, maar er is wel een veulentje
dat Vaart heet.'
O ja, naar Rafael van der Vaart, wist Manou. Die kende ze ook
wel van de televisie. Verder had ze niet veel met voetbal.
Haar vader wel, want die wilde altijd naar sportprogramma's
kijken. Ook als er op een ander net leuke kinderseries waren.
Zwijgend liep ze met Stef het erf op. De manege was een gro-

te boerderij met een vlaggenmast in de voortuin. Tegen het woonhuis hing nog een groot bord met daarop *Manege De Paardenstaart*.

Manou zag het allemaal voor het eerst. Als stadskind was ze het leven op een boerderij niet gewend. De rode tractor die voor de schuur stond, de grote hooiberg naast het erf, de groengeverfde stallen, de schapen in het weiland achter het huis: ze bekeek het allemaal met grote ogen.

'Kom, we gaan naar de pony's,' zei Stef beslist. Zonder op een reactie te wachten liep ze naar het hek, waar vier pony's stonden vastgebonden. Natuurlijk ging Manou achter haar aan.

'Kijk, dit is Gullit.' Stef wees naar een zwarte pony met witte vlekken, die rustig kauwend voor zich uit stond te staren. 'En die kleine bruine daar is Davids. En die grote witte daarachter, met die rode koeienvlekken, dat is Nistelrooij. Die is heel braaf, ook voor beginners.'

Manou bekeek de pony's aandachtig. Davids rukte ongeduldig aan zijn touw en keek heel wat minder rustig uit zijn ogen dan de veel grotere pony naast hem. Als ze moest kiezen op welke van de twee ze het eerst zou gaan rijden, dan wist ze het wel.

'En wie is dat dan?' vroeg Manou, terwijl ze wees op een grijsbruine pony die half verscholen stond achter Nistelrooij.

'O, dat is Rosette,' vertelde haar vriendin. 'Die is hier nog niet zo lang.'

'Rosette?' Manous wenkbrauwen schoten omhoog van verbazing. 'Is er ook een voetballer die zo heet?'

Er gleed een brede grijns over het gezicht van Stef. 'Nee joh, maar dit is ook een pony die van een andere manege komt! Die heeft gewoon zijn naam gehouden toen hij hierheen kwam.'

Met dat antwoord was Manou niet tevreden. 'Zijn al die voetbalpony's dan hier geboren?'

'Een paar wel, ja,' antwoordde Stef. 'En de meeste andere

kwamen hier heel jong. Dan kun je hun naam nog wel veranderen. Dat heeft meneer Van der Meulen in ieder geval wel gedaan.'

'Dus er zijn hier ook pony's die geen namen van voetballers hebben?' Terwijl Manou de vraag stelde, besefte ze dat die niet zo slim was. Ze had er immers net eentje gezien?

Maar daar deed Stef niet moeilijk over. 'Behalve Rosette, bedoel je? Ja, tuurlijk. Bijvoorbeeld Amber, die staat nog op stal. En Jara, die staat bij de paardenstallen. En nog een paar shetjes: Carmen en Justin.'

'Shetjes?' vroeg Manou.

Stef maakte een ongeduldig gebaar. 'Ja, shetlandertjes, dat weet je toch wel?'

Voordat Manou iets terug kon zeggen, hoorde ze een stem achter zich. 'Hallo Stefanie. Heb je een vriendinnetje meegebracht?'

Het gezicht van Stef klaarde meteen op. 'Hoi Francine! Ja, dit is Manou, uit mijn klas. Ik had toch gezegd dat ze een keer mee zou komen?'

De jonge vrouw die door Stef met Francine werd aangesproken droeg een geruite bloes, een rijbroek en rijlaarzen. Haar trui had ze om haar middel geknoopt. Ze gaf Manou een hand en glimlachte. 'Hallo Manou. Nou ja, ik ben dus Francine. Ik hoop dat je het hier naar je zin zult hebben.'

Manou lachte verlegen. 'Dank u wel, mevrouw.'

'Zeg maar Francine, hoor.' De jonge vrouw zette haar handen in haar zij en keek om zich heen. 'Waar zijn al die stalhulpen nou als je ze nodig hebt?'

'Vast in de kantine,' zei Stef.

'Daar zou je wel eens gelijk in kunnen hebben.' Francine trok haar schouders op. 'Tja, dan zullen ze die pony's zo meteen maar moeten borstelen en opzadelen, vlak voor de les. Of kun jij dat even doen, Stefanie, samen met Malou?'

'Manou,' verbeterde Stef. 'Ja, dat zal wel lukken, hè, Manou?'
Toen ze twee vragende gezichten in haar richting zag kijken,
schrok Manou een beetje. Wat moest ze nu zeggen? Ze wilde
graag dat Francine haar aardig vond, maar ze was ook bang
dat ze dingen ging beloven die ze niet kon. En dus zei ze eerlijk: 'Dat heb ik nog nooit gedaan, mevrouw. Ik zou niet weten hoe het moest.'
Ze voelde dat ze een beetje rood werd, maar was opgelucht
toen Francine vriendelijk zei: 'Ik dacht dat je Francine zou
zeggen. En het geeft natuurlijk niks dat je nog nooit eerder
een pony hebt geborsteld. Dat leert Stefanie je wel. Toch, Stefanie?'
Stef knikte en sloeg een arm om de schouder van Manou.
'Kom maar mee, dan gaan we even een borstelbak halen.'
Hoewel Manou geen idee had wat een borstelbak was of hoe
die eruitzag, liep ze zonder tegensputteren achter haar vriendin aan. In het voorbijgaan zwaaide ze verlegen naar Francine, maar die ging alweer verder.

# Waar de staart zit, is de achterkant

Stef leek iedereen te kennen op de manege. In de halfdonkere stal groette ze links en rechts meisjes en jongens die bezig waren met pony's of gewoon zaten te kletsen op een paar balen stro.

Of was het hooi? Dat wist Manou nooit. Als ze eraan dacht, zou ze Stef eens vragen wat eigenlijk het verschil was. Maar nu even niet, want ze had het al veel te druk met het bekijken van de pony's die hier overal stonden. Sommige hadden een eigen stal, maar de meeste waren naast elkaar vastgebonden voor een heel lange voerbak.

Aan het einde van de lange stal sloeg Stef een hoek om. Daar bleek een smalle gang te zijn die leidde naar een gebouwtje dat vol hing met grote zadels en leren riemen met gespen en metalen ringen eraan. In de hoek was een lage wasbak, waarin een straaltje water sijpelde uit een verroeste kraan.

'Dit is de zadelkamer,' vertelde Stef, terwijl ze meteen doorliep naar een kast aan de muur tegenover de deur. 'Hier gaan we straks zadels en teugels voor de pony's halen. Maar nu eerst de borstels.'

Teugels! Zo heetten die riemen, dat was waar ook. Manou kon het van zichzelf niet uitstaan dat ze niet op een zo makkelijk woord was gekomen. Zo leek het net alsof ze helemaal niks van paarden wist. Terwijl ze er best wel eens iets over gelezen had. Goed dat ze niet tegen Stef begonnen was over die riemen. Haar vriendin had haar dan vast erg dom gevonden. Intussen had Stef een blauwe plastic bak gepakt waarin aller-

lei soorten borstels, een grote kam en een paar potjes zaten.
'Dit is een borstelbak,' legde ze uit, een beetje overbodig.
'Daarmee gaan we nu de pony's mooier maken. Want ze zagen er natuurlijk niet uit.'
Zagen ze er niet uit? Manou keek verbaasd naar Stef, die
langs haar heen terug naar de stal liep. Daar had ze niets van
gemerkt. Maar ja, ze had er dan ook echt geen verstand van,
bedacht ze, terwijl ze haastig achter haar vriendin aan liep.
Weer gingen ze de hele stal door, maar dit keer van donker
naar licht. Manou knipperde even met haar ogen toen ze
weer buiten stonden.
Stef zette de borstelbak op de grond bij de pony die ze Rosette
genoemd had. 'Zo, nou gaan we die rare beesten eens even
goed onder handen nemen. Want ze hebben natuurlijk weer
in hun stal liggen rollen.'

15

Was dat zo natuurlijk? Manou zou het niet weten. Maar ze knikte wel, alsof het helemaal vanzelf sprak wat Stef zei.

'Moet je kijken,' zei haar vriendin. Ze sloeg met haar vlakke hand op de bil van de bruingrijze pony, die daar helemaal geen last van leek te hebben.

Wel zag Manou duidelijk dat er allemaal stof en zandkorrels omhoogsprongen uit de vacht van de pony.

'Zie je wel?' vroeg Stef. 'Hij zit helemaal onder de rotzooi. En echt niet alleen zijn flank, hoor.'

O ja, flank, dacht Manou automatisch. Zo heette de zijkant van een pony, dat was waar ook. Weer knikte ze ijverig.

'En daar gaan wij dus wat aan doen,' besloot Stef, die zich vooroverboog om een borstel met een riempje eraan uit de bak te pakken.

Meteen haalde Manou ook een borstel uit de bak. Die van haar zag er heel anders uit, merkte ze toen het al te laat was.

'Nee, je kunt beter eerst zo'n rosborstel pakken,' zei Stef. Ze liet zien hoe haar hand onder het riempje van de borstel door schoof, zodat de borstel strak tegen haar handpalm zat. 'We rossen eerst het vuil goed los, en dan borstelen we het eruit met een fijnere borstel.'

Het zal best, vond Manou. Maar toch pakte ze snel eenzelfde soort borstel als Stef nu om haar hand had.

Stef ging naast de bruingrijze pony staan en zei: 'En nu gewoon zo borstelen.' Haar hand met de borstel ging stevig over de rug en de flank van de pony, die rustig bleef staan.

Onzeker liep Manou naar Nistelrooij. Dat leek haar de verstandigste keuze. Maar hij was wel groot. Zou ze het durven?

'Van voren naar achteren,' klonk de stem van Stef. 'Er is echt niks aan. Waar de staart zit, is de achterkant.' Ze lachte hard om haar eigen grapje.

Een beetje schaapachtig lachte Manou mee. Toen deed ze dapper haar arm omhoog en aaide zachtjes met haar borstel over de zijkant van de pony. Het dier keek even opzij, alsof hij nieuwsgierig was wie er nu weer met hem bezig ging.

'Het mag wel wat harder, hoor!' riep Stef. 'Het zijn grote, sterke dieren. Ze kunnen wel tegen een stootje. En ze vinden het zelfs lekker als je ze een beetje stevig borstelt.'

Manou deed wat haar gezegd werd. Er kwam allerlei stof uit de vacht van de pony. Plukjes haar die aan elkaar zaten, kwamen los.

'Goed zo!' moedigde Stef haar aan. 'Zo gaat-ie lekker!'

Dat kon wel zo zijn, maar Manou voelde aan haar arm en schouder dat ze dit werk niet gewend was. Als ze niet uitkeek, kreeg ze straks misschien wel kramp.

'Niet te lang met de rosborstel, hoor,' hield Stef haar voor. 'Dan kunnen we zo over op de fijnere borstel.'

Manou vond het allemaal best. Ze ondersteunde haar borstelende arm met haar hand, vlak naast de elleboog. Op die manier kon ze het nog wel een tijdje volhouden. De pony bleef rustig staan terwijl ze eerst de ene en toen de andere flank deed. Zelfs op plekken waar ze al geweest was, bleef het stof omhoogkomen.

Na een tijdje riep Stef: 'Oké, nu de fijnere borstel.'

Manou keek goed welk soort borstel haar vriendin nu pakte en zorgde dat ze er net zo een te pakken kreeg.

'Gewoon met de haren meeborstelen,' vertelde Stef, die meteen liet zien wat ze bedoelde.

Dat begreep Manou. Een kat moest je ook niet tegen de haren in strijken, dus zou een paard dat ook wel niet prettig vinden. Ze borstelde de pony geduldig van voor naar achter. Weer kwam er allemaal vuil af, maar nu zag de vacht er een stuk beter uit op de plekken waar ze geweest was.

'Dat vindt hij lekker, hoor!' zei de stem van Francine vlak achter haar.

Manou schrok op, maar wist er toch een glimlach uit te persen. Met nog meer ijver borstelde ze de flank van de pony.

'Kom je straks ook bij de les van Stefanie kijken?' vroeg Francine.

Met een snelle blik op haar vriendin knikte Manou.

'Dat lijkt me leuk.' Francine knikte haar vriendelijk toe en liep in de richting van het woonhuis. Haar blonde paardenstaart wipte op haar rug heen en weer.

'Is Francine een van de leraressen?' vroeg Manou aan Stef.

'Yep,' antwoordde die. 'De dochter van meneer Van der Meulen. Zij is eigenlijk de baas van de manege. Haar vader doet de rest van de boerderij. Ik heb wel eens gehoord dat hij met pony's begonnen is omdat Francine er zo gek op was.'

Ineens snapte Manou het. 'O, dus daarom heet die manege natuurlijk De Paardenstaart!' riep ze uit. 'Omdat Francine een paardenstaart heeft. En een paard ook.'

'Zou best kunnen,' bromde Stef. 'Daar heb ik eigenlijk nooit aan gedacht.'

# Wat een kreng

Toen alle vier de pony's geborsteld waren, gooiden de meisjes hun borstels weer in de borstelbak.

'Mooi,' zei Stef tevreden. 'Dan gaan we ze nu opzadelen.'

Op dat moment kwam een rumoerig groepje van zes meisjes de hoek om, uit de richting van de grootste schuur. Ze liepen te lachen en te ginnegappen. Twee jongens sloften achter hen aan. Ze waren allemaal ongeveer van de leeftijd van Stef en Manou.

'Hè, hè,' riep Stef verwijtend. 'Dat is ook niks te vroeg, zeg! We moeten zo rijden!'

'Doe een beetje kalm, jij!' bitste een meisje met lange vlechten terug. 'Je lijkt Francine wel, met dat eeuwige gezeur. Maar jij hebt niks over ons te zeggen, hoor! Echt niet!'

Manou kende haar wel. Dat was Angela, die een groep hoger bij haar op school zat. Zelf had ze zelden problemen met andere mensen, maar Angela had ze vanaf hun eerste ontmoeting niet gemogen. Op het schoolplein gedroeg ze zich namelijk ook al zo onuitstaanbaar. Alsof de hele school van haar was.

Manou zag dat Stef verstijfde en even aarzelde of ze iets terug zou zeggen. Maar toen ontplofte ze toch. 'Nou zeg, waar slaat dat nou weer op? Als jullie het zo belangrijk vinden om in de kantine te blijven hangen, moeten jullie dat zelf weten. Maar wie moet dan al die pony's opzadelen?'

'Stel je niet zo aan!' Angela keek om zich heen en zocht steun bij haar vriendinnen.

Maar Stef was niet te houden. Ze wees met een priemende vinger naar zichzelf. 'Dan moet ik zeker de pony's weer doen? In mijn eentje?' Ze snoof kwaad. 'Moet je zien, er staan er nog maar vier klaar. En die zijn nog niet eens opgezadeld ook!'

Er verscheen een minachtend lachje op Angela's gezicht toen ze zei: 'En je hebt toch een hulpje?' Ze maakte een gebaar in de richting van Manou. 'Wat zeur je dan?'

Stef was duidelijk woedend. 'Als jullie denken dat alles hier steeds maar voor jullie wordt klaargezet, moet je dat zelf weten. Maar ik regel mijn eigen zaakjes.' Ze beende de stal in.

Geschrokken keek Manou haar na. Moest ze nu met Stef mee? Het moment van twijfel duurde net te lang om nog mee te kunnen. Ze zou maar even wachten wat er ging gebeuren. Stef ging zo toch naar de les rijden.

'Wat een kreng, zeg!' zei Angela.

'Ach, we hadden haar toch wel even kunnen helpen?' wierp een meisje met kort donker haar tegen.

'Ja,' zei een van de jongens, die een rechtopstaand kuifje voor op zijn hoofd had, 'het is een beetje onzin om haar alles in haar eentje te laten doen.'

Dat zat Angela niet lekker. 'O, dus we hadden het net met zijn allen wel gezellig in de kantine,' stoof ze op, 'maar nu kiezen jullie ineens haar kant!'

De anderen begonnen te protesteren, maar hielden allemaal tegelijk hun mond toen Francine met een kwaad gezicht om de hoek van de grote schuur kwam lopen en verontwaardigd riep: 'Zijn jullie nu nog niet klaar? Schiet eens op, zeg, de les begint zo!'

Ineens was iedereen in beweging. Er werden extra pony's en borstelbakken gehaald. Intussen kwam Stef terug met een zadel en een hoofdstel. Ze liep vlak langs Angela, maar keek de andere kant op.

Manou wachtte rustig af wat er ging gebeuren. De ruzie was

voorbij, want iedereen was druk met de pony's. Maar je kon aan de sfeer merken dat er net iets vervelends gebeurd was.

Stef zadelde Davids op en deed net of ze niet in de gaten had dat drie andere meisjes elk een pony namen die Manou en zijzelf net geborsteld hadden. Natuurlijk was ze wel als eerste klaar, want het kostte haar verbazend weinig moeite om de schichtige pony zijn hoofdstel om te doen. Dat deed ze met snelle, trefzekere bewegingen. Manou keek er vol bewondering naar.

Toen Stef vond dat haar pony klaar was, hing ze zijn halster aan een van de haakjes aan de zijkant van de stal. Ze nam het dier bij de teugels en voerde het met zich mee naar het middenpad, tussen de andere pony's door.

'Ga je mee?' vroeg ze aan Manou.

Die liet zich dat geen twee keer vragen. Op een holletje ging ze achter haar vriendin aan.

'Hé, wacht even op ons!' riep het meisje met het korte donkere haar. 'Dan gaan we zo allemaal tegelijk naar binnen.'

Maar Stef gaf geen krimp. Ze draaide zich niet om en liep naast haar pony de hoek van de grote schuur om.

'Hebben jullie wel vaker ruzie?' wilde Manou weten.

Onwillig haalde Stef haar schouders op. 'Ach, ik weet niet. Soms.' Ze wachtte even, voordat ze zei: 'Wat een ontzettend kreng is die Angela, zeg!'

'Dat zei ze ook van jou,' vertelde Manou met een scheef lachje.

'Kan me niet schelen,' antwoordde Stef met een strak gezicht. 'Maar ze moet de anderen niet zo opstoken.'

Naast elkaar liepen ze de openstaande schuifdeuren van de grote schuur door.

'Daar is de binnenbak,' wees Stef.

Manou keek er nieuwsgierig naar. Een groot deel van de schuur was door een schouderhoog muurtje afgescheiden van de rest. De grond was er bedekt met zand en aan de muur hingen borden met losse letters. In het muurtje zat een hek en in een van de zijwanden een schuifdeur: zo konden de pony's de binnenbak in. Tegenover het muurtje was een rij kastjes, met aan het eind ervan de kantine.

'Doe jij dat hekje eens open,' zei Stef. 'Want Davids begint soms een beetje raar te doen als hij de bak in gaat. Dan heb ik hem liever met twee handen vast.'

Meteen deed Manou wat haar gezegd werd. Het kostte haar moeite om de grendel los te krijgen, maar daarna liet het hek zich makkelijk openschuiven.

Toen Davids het hek passeerde, hinnikte hij en gooide hij zijn hoofd woest opzij. Maar daar had Stef op gerekend: ze hield hem goed in toom.

Eenmaal op het zand werd de pony weer rustig. Stef kwam naast hem staan, maakte een riem onder zijn zadel los en begon er toen hard aan te trekken. 'Hij is een beetje bang voor hekken,' legde ze uit. 'Ik weet ook niet hoe dat komt. Misschien heeft hij er een keer tussen gezeten of zo.'

'Wat sta je nou aan die buikriem te trekken?' vroeg Manou verbaasd. 'Doe je hem zo geen pijn?'

Stef gaf nog een laatste ruk en had toen blijkbaar het gaatje van de riem gevonden waarnaar ze op zoek was. 'Welnee,' zei ze ingespannen. 'Daar voelt hij niks van.' Ze zette de riem vast op het juiste gaatje en haalde diep adem. 'Zo'n buikriem heet een singel. Die is nodig om het zadel op zijn plaats te houden. Als zo'n ding te los zit, hang ik straks met zadel en al ondersteboven onder hem, in plaats van dat ik erbovenop zit.'

Dat zag Manou al helemaal voor zich. Ze glimlachte bij het idee, al leek het haar ook wel een beetje eng. Toch vroeg ze nog: 'Maar een pony krijgt het toch heel erg benauwd als die buikrie… eh, singel zo strak om zijn buik getrokken wordt?'

'Nee, hoor, dat valt heel erg mee,' zei Stef. 'Bovendien weet hij precies wat ik aan het doen ben. Dus houdt hij expres zijn adem in als hij weet dat ik ga aansingelen – zo noemen we dat als we de singel aantrekken. Dan zit zo'n ding niet eens op zijn strakst. Pony's zijn vreselijk slimme beesten, weet je.'

Dat wist Manou niet. Maar ze nam het graag van haar vriendin aan. Die wist immers veel meer van pony's dan zij.

Op dat moment kwamen de anderen met hun pony's bij de binnenbak. Ook zij begonnen hun rijdieren aan te singelen en hun beugels op maat te hangen.

Stef keek niet naar hen. Ze zette haar linkerlaars in de linkerbeugel en zwaaide haar rechterbeen over de rug van Davids. Het dier deed een stapje opzij en een naar voren, maar vond het blijkbaar niet erg dat er iemand op zijn rug ging zitten.

'Je kunt waarschijnlijk beter achter dat muurtje gaan staan, Manou,' zei Stef, terwijl ze in de richting van het schouderhoge muurtje knikte. 'De les kan nu ieder moment beginnen.'

# Dat is niet waar!

Leunend op het muurtje keek Manou toe wat er gebeurde. Bijna alle tien de jongens en meisjes hadden hun pony in orde gebracht, waren opgestapt en reden langzaam rondjes door de binnenbak. Toen kwam Francine binnen. Ze liep naar het midden van de bak en keek even rond.

Toen riep ze tegen de enige die nog niet was opgestapt: 'Kom op, Daniël, schiet eens op! Anders is de les straks afgelopen voordat jij op je pony zit. Dat is voor dat beest ook niet leuk.' Iedereen grinnikte.

Francine vervolgde: 'Oké, even allemaal luisteren!'

Vanaf hun pony's keken acht meisjes en twee jongens naar de vrouw met de blonde paardenstaart die in het midden van de bak stond. Alle tien hadden ze rijlaarzen en een rijbroek aan; sommigen hadden een rijzweepje in hun hand. Ook droegen ze allemaal een veiligheidscap. Dat moest, had Stef al een paar dagen tevoren uitgelegd toen ze bij haar thuis haar paardrijspullen liet zien aan Manou. Zo'n cap was verplicht. Die kon je leven redden als je ongelukkig van je pony viel.

Even griezelde Manou. Ze moest er niet aan denken wat er zou kunnen gebeuren als je van zo'n pony af viel. Tegen een muur, bijvoorbeeld. Of gewoon hard op de grond. Dat had ze ook tegen Stef gezegd. Maar die had haar schouders opgehaald en geantwoord: 'Ach, als je van je fiets af valt, doet dat ook pijn. En op straat rijden bovendien auto's die over je heen kunnen rijden.'

Haar gedachten waren meteen weer bij de les toen ze Francine hoorde roepen: 'Ik wilde het eerst eens met jullie hebben over het opzadelen.' Ze wachtte even en liet een veelbetekenende stilte vallen.

Manou zag dat veel kinderen naar Angela keken. Die keek op haar beurt met een pissige uitdrukking op haar gezicht naar Stef. En Stef had alleen maar oog voor Francine. De pony's keken voor zich uit en sjokten traag hun rondjes door de bak.

'Wat er vandaag gebeurd is, beviel me helemaal niet!' vervolgde Francine. 'Hoe lang rijden jullie nu al? Twee, drie jaar?' Ze keek rond, alsof ze een antwoord verwachtte, maar niemand zei iets terug.

En dus ging ze verder: 'In ieder geval lang genoeg om te weten dat een ruiter altijd zijn eigen paard verzorgt voordat hij gaat rijden.'

Met fonkelende ogen keek ze de kinderen, die langs de zijkant van de bak reden, een voor een aan. 'En vandaag vonden jullie het blijkbaar belangrijker om in de kantine te blijven rondhangen dan om jullie pony's te verzorgen.'

'Dat is niet waar!' protesteerde Stef heftig vanaf de rug van Davids.

'Nee, dat klopt,' gaf Francine toe. Ze schudde haar paardenstaart naar achteren. 'Jij was de enige die bijtijds aan het borstelen en opzadelen begonnen was. Alle anderen waren veel te laat.'

Angela kon zich niet meer inhouden en maakte gebruik van het moment stilte om naar Stef te roepen: 'Lievelingetje van de juffrouw!'

Voordat Stef kon antwoorden, richtte Francine een boze blik op Angela en zei koel: 'Angela, kom jij eens even hier.'

Er zat weinig anders op. Angela stuurde Rosette uit de rij en in de richting van de vrouw met de paardenstaart.

Toen het dier vlak bij haar was, greep Francine het bij zijn hoofdstel. Onderwijl bleef ze Angela strak aankijken. 'Ik weet

niet wat je bezielt, jongedame. En het kan me ook niet schelen of je ruzie hebt met Stefanie. Dat zoeken jullie zelf maar uit.'

Manou luisterde ingespannen. Ook de anderen deden hun best om geen woord te missen van wat de juf zei.

'Het enige waar het hier om gaat,' ging Francine verder, 'is dat jij je pony behandelt zoals dat hoort.'

Angela wilde iets terugzeggen, maar Francine snoerde haar met een handbeweging de mond. 'Nee, laat me uitpraten. Een pony als Rosette...' – ze legde een hand op de neus van het dier – 'verdient het om met respect te worden behandeld. Hij draagt jou de hele les op zijn rug en luistert naar wat jij zegt. Daar mag wel wat tegenover staan.'

Ze zorgde nu duidelijk dat iedereen haar kon horen. 'En het minste – het allerminste! – is wel dat jij normaal de tijd neemt om je pony te verzorgen.'

Weer wilde Angela iets zeggen, maar opnieuw kreeg ze de kans niet, want Francine verhief even haar stem en praatte door. 'Dat wil dus zeggen dat je je pony tijdig uit de stal haalt en borstelt. En dat je niet pas op het allerlaatste moment begint met opzadelen. Want als je dat niet doet, hoef je wat mij betreft niet eens in de les te komen.'

Het was korte tijd akelig stil. Francine liet die stilte even duren voordat ze zei: 'En dan wil ik hier nog wel heel duidelijk gezegd hebben dat het absolute flauwekul is om Stef uit te maken voor "lievelingetje van de juf", alleen maar omdat zij haar pony wél op tijd klaar had. En ook nog bezig was met een paar pony's van jullie!'

Daar had Angela niet van terug.

Francine liet Rosette los, deed een stap achteruit en zei: 'Ga maar weer terug. Dan kan de les nu echt beginnen.'

Manou herademde. Ze merkte dat ze gloeide van de spanning. Zoiets had ze niet verwacht van de eerste paardrijles die ze bijwoonde.

# Wauw, dat ging hard!

Francine wachtte even tot Angela weer had ingevoegd in de rij, voordat ze riep: 'Oké, dan nu allemaal aandraven!'

Meteen kwamen alle kinderen overeind in hun zadel. Ze wipten op–neer, op–neer, op–neer, waarbij ze hun benen steeds strekten, zodat ze even stonden in hun beugels, en dan weer gingen zitten. Hun pony's bleken precies te weten wat ze daarmee bedoelden, want de dieren sprongen allemaal vooruit en begonnen te rennen.

Dat moest de draf zijn, begreep Manou. Daar had Stef haar over verteld. Als een paard langzaam liep, heette dat stap. En als hij dan wat harder liep, dan zei je dat je hem 'in draf' had gezet. Verder was er ook nog galop, had ze zich laten vertellen. Dat moest helemaal hard gaan. En als een paard echt superhard ging, heette dat rengalop. Al wist ze niet wat ze zich daarbij moest voorstellen.

Steeds beurtelings staand en zittend reden de tien leerlingen keer op keer langs haar heen. Manou bekeek het vol bewondering. Wat een kracht en wat een snelheid! Zou ze zoiets zelf ooit durven? Het leek haar dat je dan steeds het idee had dat je pony er met je vandoor ging. Was dat niet ontzettend eng?

Maar als ze naar de gezichten keek van de meisjes en jongens die langs haar reden, was daar niets van angst aan af te lezen. Ze leken het wel naar hun zin te hebben. Vooral Stef, haar vriendin, zag er zo tevreden uit alsof ze nooit meer iets anders zou willen.

'Oké,' riep Francine vanuit het midden van de binnenbak.
'Rijden jullie dan nu maar eens wat grote voltes!'
Alle tien de ruiters bleken precies te begrijpen wat ze daarmee bedoelde, want ze reden aan allebei de kanten van de
bak, en ook in het midden, af en toe een groot rondje.
Dat moet ik onthouden, dacht Manou. Een grote volte wil dus
kennelijk zeggen dat je een rondje gaat rijden. Maar waarom
zegt ze dat dan niet gewoon? Dat is toch veel makkelijker?
Waarom moeten altijd overal nieuwe woorden voor verzonnen worden? Op die manier kun je wel bezig blijven. Dan
moet je bij alle sporten en andere bezigheden steeds nieuwe
woorden leren, anders weet je niet waarover je het hebt.
'Blijf licht rijden!' klonk nu het commando van Francine.
'Maar nu van F naar H en van hand wisselen! Denk erom dat
je op het goede moment overgaat op het andere been!'
Daar begreep Manou helemaal niks van. Licht rijden? Van F

naar H snapte ze nog wel: dat had te maken met die letters langs de kant. Maar van hand wisselen? En overgaan op het andere been?

Ingespannen keek ze wat de kinderen nu deden, maar daar werd ze ook niet veel wijzer van. Volgens haar gingen ze alleen maar schuin naar de overkant, om vervolgens andersom verder te gaan. Eerst reden ze rechtsom en nu linksom. Was dat hetzelfde als overgaan op het andere been? Ze wist nog veel te weinig van deze sport, vond ze.

Francine vond het tijd voor een nieuwe aanwijzing. 'Heel goed. En dan nu allemaal doorzitten!'

Prompt hielden alle kinderen op met het op-neer, op-neer, op-neer. Nu bleven ze allemaal in hun zadel zitten, terwijl de pony's net zo hard rondliepen als eerst.

Dat was dus doorzitten, maakte Manou daaruit op. Maar zo te zien zaten ze nog wel in draf. Of waren er soms verschillende soorten draf? Weer iets om straks aan Stef te vragen.

Francine liet de groep nog allerlei andere oefeningen doen, met commando's die Manou lang niet allemaal begreep: volte halve baan, gebroken lijn en van hand veranderen door middel van een S. Ze keek met verbazing toe hoe de kinderen allemaal door elkaar reden, maar toch precies leken te weten wat ze aan het doen waren.

Toen klonk er een commando dat haar wel bekend voorkwam. 'Oké, en nu in galop. Vooruit, allemaal in een hoek aanspringen!'

Ze zag dat de meisjes en jongens hun pony's aanspoorden met hun laarzen als ze een hoek bereikten. Bijna alle pony's maakten een sprong en gingen er meteen vandoor.

Wauw, dat ging hard! Manou kon haar ogen niet geloven, zo snel scheurden de pony's langs haar heen. Alleen de jongen die aan het begin van de les zo laat was en door Francine Daniël was genoemd, kreeg het niet voor elkaar zijn pony in galop te krijgen. Hij trapte het dier en sloeg met zijn zweepje, maar de muisgrijze pony vertikte het. Pas toen Francine uit het midden naar hem toe liep en iets naar hem riep, maakte het beest ook een galopsprong en rende toen met de rest mee.

'Goed gedaan!' riep Francine nu. 'Ga allemaal bij de volgende hoek maar weer over in draf. En blijf doorzitten!'

Direct gingen de pony's een stuk langzamer rond. Hoe deden die kinderen dat? Manou vond het geweldig, maar was er tegelijkertijd van overtuigd dat ze zelf nooit zoiets zou kunnen. 'Was dat een rengalop?' riep ze naar Stef, die met een brede grijns langs haar reed.

Stef schudde haar hoofd. De volgende keer dat ze langsreed, riep ze: 'Nee, een gewone galop.'

Verbijsterd keek Manou naar de rug van haar doorrijdende vriendin. Zo, hé! Een rengalop ging dus nog sneller dan wat ze zojuist gezien had! Dat konden dan vast alleen volwassenen. Ze kon zich niet voorstellen dat een kind met een pony nog harder kon gaan dan ze zelf net gezien had. Die dieren renden nu al zo hard!

# Nou mag jij

Manou keek haar ogen uit. Ze had nooit gedacht dat er tijdens een paardrijles zoveel gebeurde. Na het galopperen reden de kinderen weer rondjes in draf, opnieuw zonder zo op en neer te gaan als in het begin. En na een tijdje moesten ze allemaal op een rijtje gaan staan in het midden van de binnenbak.
'Een voor een drie stappen achteruit,' riep Francine. 'Probeer dat zo recht mogelijk te doen. Dat betekent dus dat je een beetje moet sturen.'
Daar stonden ze alle tien op een rijtje. De eerste die aan de beurt kwam, was de jongen die helemaal links stond, het dichtst bij Manou. Hij deed zijn voeten ver naar achteren en trok aan de teugels. En ja, hoor, zijn pony stapte achteruit. Maar het dier trok wel opzij met zijn hoofd (Manou had inmiddels van Stef geleerd dat ze nóóit mocht zeggen dat een paard of een pony een 'kop' had), zodat ze helemaal scheef naar achteren gingen.
'Dat kan beter, Wessel!' liet Francine meteen weten. 'Volgende!'
Manou volgde het allemaal ingespannen, maar lette natuurlijk extra goed op toen haar vriendin aan de beurt kwam.
Met een ernstig gezicht deed Stef wat de andere kinderen ook gedaan hadden: voeten achter de singel en rustig de teugels naar achteren trekken. Het hoofd van Davids ging omhoog, maar hij stapte vrij keurig achteruit.
'Oké, Stef!' juichte Manou. Het floepte eruit voordat ze er erg in had. Ze bloosde toen ze merkte dat iedereen naar haar keek.

Francine glimlachte. 'Nou Stefanie, je vriendinnetje vindt dat je het goed gedaan hebt. Daar ben ik het wel mee eens, maar het kan nog rechter.'

Degene die haar pony het mooist achteruit liet lopen, was Angela. Ze zat kaarsrecht overeind in het zadel en klemde haar kaken zo te zien op elkaar, want er bewogen spieren in haar wangen. Maar ze liet Rosette heel rustig en heel recht achteruitstappen.

'Dat noem ik nog eens beheersing, Angela. Goed zo!' prees Francine haar.

Maar Angela leek niet eens blij te zijn met dat complimentje. Ze bleef recht voor zich uit kijken. Die is vast beledigd, dacht Manou. Nou ja, dat moest ze zelf maar weten. Iedere leerling zou toch blij moeten zijn als een lerares zoiets tegen je zegt? Manou schudde haar hoofd; van sommige mensen begreep ze helemaal niets.

Na het achteruitlopen kwamen er weer nieuwe oefeningen. De kinderen moesten hun pony's beurtelings laten stappen en draven. En bij het draven liet Francine hen de ene keer licht rijden en de andere keer doorzitten. Manou begon het verschil aardig door te krijgen, al had ze nog geen idee waarom dat op en neer wippen nu eigenlijk 'licht rijden' genoemd werd. Daar moest ze het straks ook maar eens met Stef over hebben.

Aan het eind van de les werd er nog een keer gegaloppeerd. Dat vond Manou echt het mooist. De pony's leken er zelf ook lol in te hebben, want ze renden hard en hielden elkaar daarbij goed in de gaten. Wat zou er gebeuren als je met zo'n snelheid tegen elkaar botste? Want soms kwamen ze wel erg dicht bij elkaar. Maar toch zag ze geen angst op de gezichten van de kinderen die erop zaten. Nee, die vonden het, zo te zien, net zo leuk als de pony's zelf. Ze raakte niet uitgekeken.

Op een commando van Francine bracht iedereen zijn pony weer terug in draf. En vervolgens in stap.

Francine was blijkbaar tevreden, want ze riep: 'Heel goed, allemaal. We begonnen vandaag een beetje stroef, maar het is toch nog een goede les geworden. Jullie kunnen nu uitstappen.'

Uitstappen? Wat was dat nou weer voor een woord? Manou had altijd gedacht dat zoiets afstappen heette. Of afstijgen zelfs. Dat was het toch: opstijgen en afstijgen? Al die stomme woorden!

'Wil jij uitstappen?' vroeg Stef in het voorbijgaan.

Manou begreep er niets van. Moest ze Stef soms komen helpen om van haar pony af te komen? Dat kon ze toch wel zelf? Maar het was kennelijk toch de bedoeling dat zij er nu naartoe ging.

Onzeker deed ze het hek open en ging de binnenbak binnen. Ze wachtte even tot er een paar pony's voorbij waren, voordat ze door kon lopen naar het midden.

'Ga jij uitstappen? Leuk!' zei Francine tegen haar, terwijl zij zelf de binnenbak uit liep.

Verbaasd keek Manou haar na. Zou uitstappen misschien toch iets anders zijn?

'Hé slome, hier ben ik!'

Toen ze zich omdraaide, zag ze het lachende gezicht van Stef, die met haar pony tot vlak achter Manou was gereden.

'Hou hem eens even vast,' zei Stef, 'dan kom ik eraf.'

Omdat ze zag dat Manou aarzelde, voegde ze daaraan toe: 'Gewoon de teugel pakken, vlak bij zijn mond. Dat vindt hij niet erg.'

Manou deed wat haar gezegd werd. Het leer voelde een beetje nat aan. Maar Davids bleek het niet erg te vinden dat zij de teugel vastpakte.

Met een lenige zwaai van haar rechterbeen steeg Stef af. Ze bleef even over het zadel hangen om haar andere voet uit de beugel te halen en liet zich toen naast de pony op de grond zakken.

'Zo.' Ze begon het bandje onder haar kin los te gespen. 'Dan krijg je wel mijn cap op, anders is het niet veilig.'

Manou keek haar met grote ogen aan. Wat bedoelde haar vriendin? Moest zíj nu soms op die pony gaan zitten?

'Kom op, pak eens aan,' zei Stef ongeduldig, terwijl ze haar de cap voorhield. 'Maar niet verstellen, hoor, anders ben ik de volgende keer weer een hele tijd bezig om die bandjes goed te krijgen.'

Sprakeloos pakte Manou de veiligheidscap aan. Ze zette het ding op haar hoofd en klikte het gespje dicht. De cap zat in één keer goed.

'De beugels laat ik zo zitten,' vertelde Stef. 'Want we zijn toch ongeveer even lang.'

De schrik sloeg Manou om het hart. Hier had ze niet op gerekend!

'Maar, eh… ik kan helemaal niet ponyrijden,' protesteerde ze bedremmeld. 'Ik heb het nog nooit gedaan.'

Dat was niet helemaal waar, bedacht ze meteen. In het pretpark van Slagharen had ze wel eens op een pony gezeten. Maar dat telde niet mee, want dat waren makke beestjes die de hele dag hetzelfde rondje liepen en geen kant op konden.

Maar dit was iets heel anders! Voor het eerst viel het haar op hoe groot de binnenbak wel niet was. Stel je voor dat die pony ineens begon te rennen, wat moest ze dan doen? Of als hij zelfs ging galopperen? Ze begon al te zweten bij de gedachte dat zij net zo hard door de bak zou scheuren als de andere kinderen zojuist gedaan hadden.

Stef glimlachte vriendelijk naar haar. 'Stap op, gekkie, nou mag jij.'

# Ik heb gereden!

Vol ontzag keek Manou naar de pony. Zo'n dier was best hoog. En daar moest zij dan bovenop gaan zitten? Liever niet.
'Kom op,' moedigde Stef haar aan. 'Anders is de tijd alweer voorbij.'
Manou wierp haar een wanhopige blik toe. 'Ik weet niet of ik dit wel durf.'
'Er is niks aan,' verzekerde Stef haar. 'Ik hou Davids vast en loop met je mee. Je hoeft eigenlijk alleen maar te zitten.' En toen ze zag dat Manou nog niet helemaal overtuigd was, voegde ze daaraan toe: 'Hup, erop! Je zult zien dat het reuze meevalt.'
Dan moest het maar, besloot Manou. Maar hoe kwam ze nu boven op die pony? Die beugel hing knap hoog.
Blijkbaar begreep Stef wat ze dacht. 'Gewoon vlak naast Davids gaan staan,' zei ze. 'Ja, daar naast het zadel. Je moet het zadel goed beetpakken, met twee handen. Dan je linkervoet in de beugel en hoep, eroverheen met je andere been.'
Dat klonk allemaal leuk en aardig, maar doe het ook maar eens! Nou goed, Manou had natuurlijk wel gezien dat Stef het daarnet zelf ook gedaan had, maar dat was iets heel anders. Stef was het gewend en zij niet!
Ze greep de bovenkant van het zadel stevig vast, met één hand aan de voorkant en één aan de achterkant. Het leer voelde stug aan. Onder haar linkerarm door keek ze naar de beugel waar ze haar voet in moest steken. Dat viel nog niet mee. Na twee vergeefse pogingen gebruikte ze haar hand om de

beugel stil te houden. Ze moest haar knie heel hoog optrekken om haar voet er goed in te krijgen.

Daar stond ze dan, op de tenen van haar rechtervoet, met haar linkervoet in de hoge beugel. Onzeker greep ze met beide handen het zadel weer vast.

'Heel goed,' vond Stef. 'En dan nu gewoon optrekken.'

Gewoon optrekken! Dat was makkelijker gezegd dan gedaan! Manou zette zich schrap, probeerde zich met haar armen op te trekken. Ze wipte op haar rechtervoet omhoog, maar daardoor ging haar linkervoet in de beugel naar voren. Zo lukte het natuurlijk nooit!

Op het moment dat ze erover dacht om er maar mee op te houden, gaf iemand haar een duwtje onder haar billen. Ze ging omhoog en zwaaide haar rechterbeen over het achter-

werk van het paard. Eerst kwam ze boven op de achterste rand van het zadel terecht, maar door even te schuiven zat ze vervolgens toch goed.

Dankbaar keek ze naar beneden. Daar stond Francine haar lachend aan te kijken.

'Je kon zo te zien wel een kontje gebruiken,' zei de jonge vrouw met de paardenstaart glimlachend. 'Gaat het nu?'

Ja, nu ging het wel. Manou mompelde iets; ze voelde zich verlegen. Wat stom van haar dat ze niet eens zelf op die pony had kunnen komen!

'In het begin is het even wennen,' zei Francine geruststellend. 'Zit je andere voet al in de beugel?'

Nee, dat was waar ook! Dat ze daar niet aan gedacht had! Ze voelde dat ze rood werd, dus draaide ze haar hoofd snel naar de andere kant van de pony. Nu haar rechtervoet in die andere beugel! Dat was weer lastiger dan ze dacht, omdat de beugel steeds wegdraaide als ze er met haar voet tegenaan kwam. Het kostte een paar pogingen om het voor elkaar te krijgen. Maar daar zat ze dan: rechtop in het zadel en met haar beide voeten in de beugels!

'Zo gaat-ie goed,' vond Francine. 'Nu de teugels nog en je bent klaar.'

Manou pakte de teugels aan. Ze had geen idee of ze daaraan moest trekken en hoe strak ze die moest vasthouden.

Gelukkig zei Stef: 'Je hoeft niks te doen, gewoon de teugels losjes vasthouden.'

En daar gingen ze. Stef liep naast het hoofd van Davids en Manou zat trots boven op de pony. Wauw, wat hoog! Ze torende een heel eind boven de binnenbak uit. Best eng, eigenlijk, want als je viel, zou dat behoorlijk pijn doen, ook al kwam je in het zand terecht. Maar omdat Stef de pony vasthield, was ze toch niet bang.

De spiegels aan de zijkant van de binnenbak had ze nog niet

opgemerkt toen ze achter het muurtje stond. Maar nu ze erlangs reed, zag ze zichzelf duidelijk zitten, boven op Davids.
Automatisch rechtte ze haar rug. Dat zag er goed uit, met die
cap op haar hoofd en de teugels in haar handen! Trots reed ze
verder.

Twee hele rondjes liep Stef met haar door de binnenbak, terwijl de andere kinderen allemaal al waren afgestegen.

Manou vond het prachtig! Wat haar betrof, konden ze nog
een hele tijd doorgaan, maar ze moesten er blijkbaar mee ophouden. Toen Stef de pony liet stilstaan, moest Manou zich
inhouden om niet te vragen of ze alsjeblieft, alsjeblieft nóg
een rondje konden lopen. Maar ze zag aan de anderen dat het
tijd werd. Misschien kwam er na hen nog wel een lesgroep.

Hoe moest ze nou van die pony af? Even denken: hoe had
Stef dat ook alweer gedaan? O ja. Manou schudde haar rechtervoet uit de beugel en bracht haar rechterbeen voorzichtig
terug over het achterwerk van de pony. Dat ging goed! Blij
liet ze zich langs de linkerzijkant van de pony naar beneden
zakken.

Nu was ze alleen nog vergeten om haar linkervoet uit de beugel te bevrijden. Daardoor kwam ze maar met één voet op de
grond terecht, terwijl haar andere been nog raar hoog in de
beugel zat.

Stef had meteen in de gaten wat er aan de hand was. Terwijl
ze Davids bleef vasthouden, bevrijdde ze haar vriendin lachend uit de beugel.

Manou was blij dat ze weer op de grond stond. Maar nog veel
blijer dat ze op een echte pony had gezeten en een paar rondjes had mogen rijden.

'Nu moeten we nog even de beugels opsteken en de singel
losmaken, dan kunnen we Davids meenemen om hem te borstelen,' kondigde Stef aan.

Maar Manou luisterde al niet echt meer. Ze gespte het bandje

van de cap los en haalde het ding van haar hoofd. Dat voelde een stuk frisser! Pas nu merkte ze dat ze behoorlijk had zitten zweten. Zo spannend was het dus geweest! Niet dat het haar iets kon schelen! Want er was nu maar één ding belangrijk.

'Ik heb gereden! Ik heb echt op een pony gereden!' riep ze blij en ze lachte stralend naar haar vriendin.

Angela, die op dat moment net voorbijkwam met Rosette, lachte schamper. 'Nou en? Ik rij iedere week. Dat is nog geen reden om je zo aan te stellen.'

Stef keek vuil, maar Manou vond het niet eens nodig om te reageren. Ze had op een pony gereden!

# Word je nu een paardengek?

Vanuit de manege was Manou eerst met Stef meegelopen. Maar het laatste stukje, vanaf Stefs huis, had ze gehuppeld.
'Mam, Mamsyl! Ik heb op een pony gezeten! En echt gereden!' riep ze blij terwijl ze de keuken kwam binnenrennen.
Haar moeder schrok ervan. Ze was bezig met het eten, maar zette het vuur onder de pannen laag om naar haar dochter te kunnen luisteren. 'Wat zeg je me nou, kind? Je zou toch alleen maar met Stefanie meegaan om een keer te kijken?'
'Ja, maar aan het einde van de les mocht er uitgestapt worden en toen mocht ik op de pony van Stef en die was heel hoog en toen hebben we wel twee rondjes gereden, maar dat was helemaal niet eng, want Stef hield Davids de hele tijd vast en...'
'Ho, ho, ho!' onderbrak haar moeder haar lachend. 'Neem even wat te drinken en vertel dan eens rustig wat er precies gebeurd is. Want zo kan ik er natuurlijk geen touw aan vastknopen.'
Manou nam een glaasje limonade en begon nu een stuk kalmer te vertellen. Ze gingen aan de keukentafel zitten en haar moeder luisterde aandachtig, terwijl ze af en toe een vraag stelde.
Hè, lekker dat ze haar verhaal kwijt kon! Manou vond het heerlijk om te vertellen wat ze die middag had meegemaakt. En ze wist dat haar moeder goed kon luisteren.
Andere kinderen keken wel eens raar op als ze haar moeder Mamsyl noemde. Maar ja, haar moeder heette Sylvia en ze was haar mama. Dat had Manous oudere zus Claire ooit als

kleuter voor het gemak samengevoegd tot Masyl. Maar dat vond haar moeder te veel op 'mazel' lijken, daarom hadden ze er Mamsyl van gemaakt. Zoals papa sindsdien Patom heette, want zijn naam was Tom.

Natuurlijk bleef het niet bij die ene keer vertellen over haar ritje op de pony. Toen ze een uur later aan tafel zaten, kon ze er tegenover Patom en Claire niet over ophouden.

Claire vond die verhalen al snel vrij vervelend. En dus vroeg ze op een treiterige toon, met een hand onder haar kin: 'Word je nu een paardengek, Manoutje?'

Manou had er een hekel aan als ze haar zo noemde, en dat wist Claire. Dat hoorde nu eenmaal bij haar gedrag als oudere zus. Dan kon je toch moeilijk anders doen dan alles van je jongere zusje kinderachtig en oervervelend vinden?

'Nee, hoor!' zei Manou snibbig terug. 'Ik heb nog maar één keer op een pony gezeten. En dus helemaal niet op een paard.'

'Wat is het verschil dan?' vroeg Claire, terwijl ze tegelijkertijd met een verveeld gezicht liet zien dat het antwoord haar helemaal niet interesseerde.

'Een paard is groter en een pony... eh... kleiner,' antwoordde Manou onzeker.

'O, dat is nog eens een duidelijk antwoord!' pestte Claire. 'Daar word ik een stuk wijzer van, zeg.'

Patom greep in. Zoals wel vaker als hij van kantoor terugkwam, had hij rimpels van ergernis in zijn voorhoofd. Zijn brede glimlach was ver te zoeken. 'Zeg meiden, houden jullie eens op met dat vervelende gekibbel,' zei hij streng. 'Daar verpesten jullie de hele maaltijd mee. En jullie weten dat ik daar een hekel aan heb.'

'Zware dag gehad op je werk, schat?' vroeg Mamsyl met een plagerig glimlachje.

'Hè, verdorie, begin jij ook al?' Zijn gezicht kreeg een wat chagrijnige uitdrukking. 'Zelfs als ik thuis zit te eten, kunnen ze me nog niet met rust laten. Het is gewoon ergerlijk!'

Er stonden pretlichtjes in de ogen van Mamsyl. 'Ach, vallen die stoute mensen jou zo lastig, schat? Moet ik ze voor je wegjagen?'

Patom gaf geen antwoord meer, maar richtte nu al zijn aandacht op zijn bord.

Manou wist nooit wat ze ervan moest denken als haar ouders zo tegen elkaar deden. Waren ze dan echt kwaad, of was het allemaal maar een geintje? Stel je voor dat ze werkelijk een vreselijke ruzie kregen en dan gingen scheiden! Ze moest er niet aan denken. Dan zou het misschien net zo erg worden als toen met de ouders van Renske, haar vriendin in het oude huis.

Bij de gedachte aan Renske schrok ze. Chips, ze was vergeten haar te bellen! En dat had ze nog wel zo beloofd. Zie je wel dat Renske gelijk had: ze was haar al helemaal aan het vergeten!

Er verscheen een boze rimpel boven de neus van Manou.

Haar zus zag het. 'Ben je nou kwaad of zo? Stel je eens niet zo aan! Zo erg was het toch ook niet wat ik zei?'

Manou keek schuins naar haar zus. Claire was een vreselijke puber en sinds ze op de middelbare school zat, was ze vaak absoluut onuitstaanbaar. Soms kon ze werkelijk heel onaardig doen, alleen maar om te laten zien dat zij de oudste was en Manou maar een 'kleutertje', zoals ze dan zei. Maar ze had een hekel aan ruzie. Echte ruzie.

Bovendien bleven ze zussen en ze hadden de laatste tijd, na die rottige verhuizing, veel aan elkaar gehad. Allebei hadden ze het vreselijk gevonden dat ze vanuit de stad naar dit dorp hadden moeten verhuizen, alleen maar omdat Patom een andere baan had gekregen, hier vlak in de buurt.

Vanuit de flat waarin ze allebei sinds hun geboorte gewoond hadden, waren ze in dit huis terechtgekomen. Het was een mooi huis, met veel meer ruimte dan in de flat. Maar toch was het niet hún huis.

Goed, ze hadden nu allebei een eigen kamer. En het huis had een zolder. Plus een tuin met een grote schuur, waar ze hun fietsen en een heleboel rommel konden neerzetten. Maar toch. Het ergste was dat ze van hun oude school af moesten en hun vriendinnen kwijtraakten.

Voor Claire was het iets minder vreselijk dan voor Manou, omdat ze naar de middelbare school zou gaan en daardoor haar oude school toch al vaarwel moest zeggen. Hoewel ze nu niet naar de middelbare school kon die ze in groep 8 met zoveel moeite had uitgezocht.

Maar voor Manou was het een absolute ramp. Ze verloor de klasgenoten met wie ze sinds haar kleutertijd had opgetrokken. En al haar vriendinnen. En vooral Renske, van wie ze gedacht had dat ze haar hele leven met haar bevriend zou blijven. Ze noemden elkaar niet voor niets hun hartsvriendin.

'Ik ben niet boos op jou, maar op mezelf,' zei Manou zacht.
Claire keek haar verbaasd aan.
'Ik ben vergeten om Renske te bellen,' legde Manou uit.
Claire begreep het. Ze glimlachte triest.
Manou wist dat haar zus aan haar eigen vriendinnen dacht,
in de stad, die hier te ver vandaan lag om er regelmatig heen
te rijden.

# Dat heb je in een dorp

'Met Barbara den Ouden.'

'Dag mevrouw Den Ouden, met Manou.'

'Hé Manou, hoe is het met jou?'

'Goed hoor. Ik heb vandaag voor het eerst op een pony gezeten!'

'Voor het eerst? Toch ook al een keer met dat verjaardagspar-
tijtje van Renske in Slagharen?'

'Ja, dat ook. Maar nu voor het eerst in een grote binnenbak.
Op een hartstikke grote pony!'

'Ja, dat heb je in een dorp, hè, daar kunnen zulke dingen.
Renske wil ook wel op paardrijden, maar dat is hier gewoon
te ver vandaan. Wat leuk voor je, Manou! Ik zal Renske even
roepen. En de groeten aan je ouders, hè!'

Voordat Manou iets terug kon zeggen, had mevrouw Den
Ouden de hoorn naast het toestel gelegd. Ze hoorde haar roepen: 'Renske! Renske! Telefoon! Ik heb Manou hier voor je.'

Even later nam haar vriendin licht hijgend de hoorn op. 'Hallo, met Renske.'

'Hoi Rens, met mij!'

'Manou! Hoi! Jij zou toch gisteren al bellen, of vorig weekend?'

'Weet ik, weet ik,' antwoordde Manou schuldbewust. Gauw
ging ze over op een ander onderwerp. 'Hé Rens, ik heb vandaag op een pony gezeten!'

'Net als toen in Slagharen?'

'Ja, ook wel, maar dan heel anders. Op een manege in een
boerderij. Ik mocht mee met Stef...'

'Stef?' onderbrak Renske haar.

'Ja, Stef. Dat komt van Stefanie.'

'Wie is dat?' wilde Renske weten.

'Een meisje uit mijn klas. Maar ik mocht dus mee naar haar les en...'

'Is zij je nieuwe beste vriendin?'

Even was het stil. Toen zei Manou zacht: 'Stef is gewoon een meisje uit mijn klas. Een aardig kind.'

'Jouw vriendin.'

'Een vriendin, ja,' gaf Manou toe. 'Maar niet mijn beste vriendin, hoor. Dat ben jij. Dat weet je toch?'

'Ja, tuurlijk,' klonk het kortaf.

'Nou ja, ik ging dus met Stef naar de manege,' ging Manou door. 'En toen mocht ik na de les uitstappen.'

'Wat is dat nou weer?' Renske klonk nu echt kribbig.

Manou deed haar best om zelf zo luchtig mogelijk te klinken. 'Dan mag je na de les nog even op de pony van een van de leerlingen zitten. Met een echte cap op.'

'En jij mocht natuurlijk op de pony van die Stef,' raadde Renske.

Ineens vroeg Manou zich af of het wel zo'n goed idee was geweest om Renske te vertellen van haar avontuur van die middag. 'Ja,' zei ze zacht. 'En het was hartstikke leuk.'

'Fijn voor je, joh,' antwoordde Renske kortaf. 'Zeg, maar nu moet ik ophangen. Er komt zo misschien nog een vriendin bij me langs.'

Bijna had Manou gevraagd welke vriendin. Maar dat hield ze nog net binnen. In plaats daarvan zei ze: 'Oké. Bel je me gauw terug?'

'Ik zie wel.'

'Maar het is nu toch weer jouw beurt om te bellen?' probeerde Manou nog.

'Ik zie wel, zei ik. Dag.'

Toen Manou teruggroette, had Renske de hoorn al op de haak

gelegd. Manou stond een tijdje met de hoorn in haar handen voordat ook zij neerlegde.

's Avonds in bed lag ze nog lang in het donker naar het plafond te staren. Een open plekje tussen de gordijnen zorgde ervoor dat daar een streep licht te zien was.

Manou dacht na over het telefoongesprek. Waarom had Renske nu zo onaardig gedaan? Het leek net alsof ze het Manou kwalijk nam dat ze verhuisd was. Maar daar kon zij toch ook niks aan doen? Dat was vanwege het werk van haar vader.

Renske leek wel jaloers op Stef. Maar dat hoefde toch helemaal niet? Manou had maar één hartsvriendin, en dat was Renske. Toen zij anderhalve week geleden een zondag bij Renske was geweest, hadden ze de grootste lol gehad. Net zoals die keer dat Renske bij hen kwam kijken, kort na de verhuizing. Renske was zelfs jaloers geweest op de grote kamer van Manou.

Tja, die kamer. Manou was er best trots op. Eindelijk sliep ze

52

niet meer in een stapelbed op één kamer met Claire. Nu had ze ruimte voor een eigen bed, een eigen kast, een eigen bureau en een eigen stoel. En dan nog had ze meer dan genoeg plek om al haar spulletjes neer te zetten. Ze had zelfs een eigen spiegel!

En toch miste ze het geklets met Claire wel 's avonds in het donker, of 's ochtends vroeg. Als ze iets wilde weten of wilde vertellen, kon ze altijd bij haar zus terecht. Ze bleef wel eens expres lang wakker, zodat ze nog even konden praten als Claire ook naar bed ging.

Ja, natuurlijk hadden ze wel veel geruzied als ze zich 's ochtends allebei tegelijk wilden aankleden en elkaar in de weg liepen. En natuurlijk zat Claire altijd aan haar spullen, wat Manou vreselijk vond. Maar toch miste ze haar.

Zoals ze ook Renske miste.

In haar mooie nieuwe kamer viel ze zachtjes huilend in slaap.

# Het gaat lekker

De volgende ochtend was Manou al vroeg wakker. Ze ging stilletjes naar de badkamer om te plassen. Hoewel het al licht was, sliep iedereen blijkbaar nog. Terug in haar kamer keek ze op het klokje boven haar bureau. Geen wonder: het was pas kwart over zes. En de wekker van haar ouders liep altijd om kwart voor zeven af.

Zou ze nog wat gaan slapen? Nee, dan had ze net tijd om in slaap te vallen en dan moest ze alweer wakker worden. Daar had ze geen zin in.

Ze deed haar kamerjas aan en ging aan haar bureautje zitten. Ze had nog geen zin om haar nieuwe computer aan te zetten. Als ze nu een spelletje ging doen, maakte dat natuurlijk lawaai, en dan zou ze de anderen kunnen wekken. Moest je ze dan eens horen!

Uit het rijtje boeken dat op de hoek van haar bureau stond, pakte ze haar oude vriendschapsboekje. Daar was ze anderhalf jaar geleden mee gestopt. Tegenwoordig liet ze alleen af en toe iemand iets schrijven in haar poëziealbum.

Het vriendschapsboekje was knalgeel en had een afbeelding van Barbie op het omslag. Ze glimlachte toen ze het opensloeg. Er stonden allemaal kinderen van haar oude klas in. En ook juffrouw Annemarie, uit groep 4. Dat was altijd haar favoriete juf geweest.

Ze legde het boekje voor zich neer en begon te bladeren. Als vanzelf stopte ze op de bladzijde met het fotootje van Renske. Ze zuchtte diep.

Op de linkerbladzijde had Renske haar foto geplakt, en daar-
boven had ze geschreven: 'Lieve Manou, ik weet zeker dat we
altijd vriendinnen zullen blijven!' Daarnaast had ze een paar
hartjes getekend.

En op de rechterbladzijde had ze het hele voorgedrukte vra-
genlijstje ingevuld. Eerst haar naam, adres en verjaardagsda-
tum. Haar sterrenbeeld was Weegschaal, dat wist Manou nog
wel. Donkerblond haar en bruine ogen: dat zou ze ook nooit
vergeten. En Renskes liefste herinnering: dat ze met Manou
en haar zusje Brecht naar Slagharen was geweest.

Manou wreef met haar hand over haar ogen. Het wás ook
heel leuk geweest in Slagharen, dat vond zij ook. Zou Renske
daarom zo boos zijn geweest gisteren? Omdat ze nu ergens
anders op een pony had gereden? Was ze misschien bang dat
Manou daardoor met minder plezier terugdacht aan Slagharen?

Ze las verder. Renskes lievelingssport was korfbal. Manou
was wel eens bij een wedstrijd van haar gaan kijken, maar
had er zelf niet veel aan gevonden. Ze las verder. Haar lie-
velingsboek was haar dagboek. Dat was waar: daar schreef
Renske altijd alles in op. En zelfs Manou mocht niet lezen wat
erin stond. Haar lievelingszanger: Marco Borsato. Haar lie-
velingsfilm was toen nog *De Leeuwenkoning*. Nu zou dat wel
een andere zijn, dacht Manou. En als lievelingsfilmster had ze
Simba het leeuwtje genoteerd. Manou grinnikte. Dat zou
Renske, nu ze al negen was, vast ontzettend kinderachtig van
zichzelf vinden.

Renskes lievelingsdier was een poes. Dat klopte: ze was sta-
pelgek op dat rare lapjeskatje van haar, Wolbaal. Stomme
naam, maar goed. En haar lievelingseten waren natuurlijk de
drie p's: patat, pizza en pannenkoeken. Op school deed ze het
liefst aardrijkskunde, omdat ze daar wat leerde van verre lan-
den. En ze was dol op snoepen. Klopte ook.

Onder haar lievelingskleur (goud) had Renske geschreven waar ze een hekel aan had: ruzie met jou.

Manou slikte. En dat was nu precies wat er aan de hand was. Haar bedrukte gezicht klaarde iets op toen ze de laatste regel las, waarop Renskes antwoord stond op de vraag wat ze later wilde worden: clown in een circus. Toen knikte ze triest. Ja, dat klopte ook. Renske ging met carnaval altijd verkleed als clown en ze had zelfs een keer een spreekbeurt over clowns gehouden. Wanneer ze als clown verkleed ging, durfde ze veel meer te zeggen en te doen dan anders, zei ze altijd.

Manou sloeg het boekje dicht en zette het terug. Niet veel later hoorde ze de wekker van haar ouders aflopen.

Bij het ontbijt zat ze een beetje stilletjes voor zich uit te kijken. Haar boterham at ze met tegenzin op. Toen Claire en haar vader al weg waren, stond Manou nog lang te teuten voor de spiegel in de hal. Ze borstelde haar halflange rode haren overdreven lang en keek van dichtbij in de spiegel of ze nog steeds van die mooie blauwe ogen had.

Het duurde vrij lang voordat haar moeder in de gaten had dat er iets aan de hand was. 'Gaat het een beetje, Manou?' vroeg ze.

'Ja, hoor,' antwoordde ze met een bijna normale stem. 'Het gaat lekker.'

'Is er soms iets?'

Manou trok haar wenkbrauwen hoog op. 'Hoezo?'

Mamsyl sloeg haar armen over elkaar. 'Omdat je zo lang werk hebt voor de spiegel. Terwijl je een spiegel op je eigen kamer hebt. En terwijl je anders om deze tijd allang weg bent, zodat je nog een tijdje met de andere meiden kunt kwekken op het schoolplein.'

'O, bedoel je dat?' Manou keek nog eens in de spiegel. 'Nee, er is echt niks, hoor.' Ze pakte haar jas van de kapstok en trok die aan. Toen liep ze langs haar moeder de kamer in om haar tas en haar beker te pakken.

'Dag Mamsyl!'

'Dag meisje. Doe je best.'

Bij de voordeur draaide Manou zich nog even om, alsof ze wat vergeten was. 'O ja, zou je me willen helpen herinneren dat ik vandaag nog even moet bellen met Renske?'

'Je hebt haar gisteren toch gebeld?' vroeg haar moeder. 'En dan is het toch nu haar beurt, als ik jullie systeem goed heb begrepen?'

'Ja, dat klopt.' Manou keek naar haar voeten. 'Maar het is heel belangrijk dat ik vandaag nog even met haar bel, snap je?'

Mamsyl keek haar onderzoekend aan, maar hield haar vragen wijselijk binnen. 'Oké, ik help het je wel herinneren. Tot straks!'

'Dag! Tot straks.' Manou trok de deur achter zich dicht. Ze was blij dat haar moeder niet had doorgevraagd. En toch ook een beetje teleurgesteld.

# Gaan we vanmiddag weer?

Toen Manou diep in gedachten aan kwam lopen bij het school-plein, stond Stef al ongeduldig op haar te wachten.

'Waar bleef je nou, joh?' vroeg Stef ongeduldig. 'Ik ben hier al zeker een kwartier. Jij komt toch ook altijd vroeg?'

'Ja, vanochtend liep het allemaal een beetje anders dan anders,' zei Manou kleintjes.

Maar Stef was niet van plan er erg lang bij stil te blijven staan.

'Hoe vond je het gisteren?' wilde ze weten.

Meteen klaarde het bedrukte gezicht van Manou op. 'Hart-stikke leuk!' zei ze eerlijk. 'Ik had nooit gedacht dat ik het zo leuk zou vinden om op een pony te zitten.'

Stef grinnikte. 'Als je eenmaal een beetje kunt paardrijden, is het niet echt meer zitten. Dan wordt het hard werken.'

'Dat heb ik gezien,' bevestigde Manou. 'In draf gingen jullie vaak zo op en neer. Daar zul je best moe van worden in je benen.'

'Dat heet licht rijden,' vertelde Stef. 'Dan ga je met de bewe-ging van je pony mee. Omhoog als hij een stap zet en naar be-neden als hij neerkomt. Als je dan bochten rijdt, zoals in de binnenbak, moet je er goed op letten dat je precies omhoog-gaat als het buitenste been van je pony vóór is.'

Manou begreep er niks van. Blijkbaar was dat ook aan haar gezicht te zien, want Stef schoot in de lach. 'Nou ja, dat leer je nog wel. Dat heet in ieder geval "op het verkeerde been licht rijden". Francine zal het je vast nog wel uitleggen als je een-maal zover bent.'

'Wat? Ho, hoe bedoel je?' vroeg Manou verward. 'Denk je soms dat ik ook op paardrijden ga?'

'Ik weet het wel zeker!' Stef lachte zo hard dat een paar andere kinderen hun kant op keken. 'Je vond dat gisteren hartstikke leuk, joh! Ik durf te wedden dat jij binnen een paar weken ook op les zit.'

'Echt niet!' Manou maakte een wegwerpgebaar. 'Jij moet niet denken dat je alles van me weet. Je kent me nog maar net.'

Stef keek haar onderzoekend aan. Zo'n reactie had ze niet verwacht. 'Eh... Heb je soms zin om vanmiddag weer mee te gaan?'

'Vanmiddag?' vroeg Manou verbaasd. 'Ik dacht dat het alleen op woensdag en zaterdag was. Of heb je vanmiddag weer les?'

'Nee, ik heb geen les, ik ga alleen naar de manege om naar de paarden en de pony's te kijken. En misschien wat te helpen in de stallen.' Ze hield haar hoofd een beetje schuin. 'Nou, gaan we vanmiddag weer?'

Manou wist niet wat ze moest zeggen. Dus draaide ze zich een beetje stekelig van haar vriendin af en zei: 'Daar moet ik nog even over nadenken.'

'Mij best, hoor.' Stef haalde haar schouders op. 'Moet je helemaal zelf weten. Maar ik ga in ieder geval. Ik hoor het nog wel van je.'

En meteen liep ze naar de deur van de school. Op dat moment maakte de schoolbel zijn scheurende zeurgeluid. De hele zwerm kinderen van het schoolplein dromde naar de ingang. Manou liet zich met de stroom meevoeren en liep zo een tiental meter achter Stef aan.

Ze moest inderdaad even nadenken. Na het telefoontje met Renske had ze het idee dat ze moest kiezen tussen twee vriendinnen. En dat beviel haar helemaal niet.

Haar jas hing ze op bij het klaslokaal. Bij het naar binnen gaan

groette ze meester Johan met een hoofdknikje. Met een voor
niemand hoorbare zucht ging ze zitten. Eerst deze dag maar
eens doorkomen. Donderdag was toch al niet haar favoriete
schooldag. Geen gym, geen tekenen en les tot kwart over drie.
Het ging hier toch allemaal al zo anders dan op haar oude
school. Daar had ze het veel meer naar haar zin gehad, met
werken in groepjes en zelf allerlei opdrachten uitvoeren. Hier
ging het heel anders: de meester stond hier echt voor de klas
les te geven. En hij was ook nog eens hartstikke streng.
Waren we maar nooit verhuisd, dacht ze, dan voelde ik me nu
ook niet zo rottig.

# Jij voelt je zeker al een hele ruiter?

De lessen kropen voorbij. Manou had geen zin in rekenen, maar dat deden ze natuurlijk toch. Bij topografie schreef ze braaf alle nummers bij de plaatsen op de kaartjes die de meester uitdeelde. En ze kregen ook nog een dictee.

Een beetje somber liep ze in het speelkwartier het schoolplein op.

'Wat is er vandaag met jou aan de hand?' vroeg Stef, die naast haar kwam staan.

Manou haalde haar schouders op. 'Beetje vervelende dag. Ik was hartstikke vroeg wakker en ben gewoon nog niet helemaal uitgeslapen, denk ik.'

Stef keek haar bezorgd aan. 'Zo ernstig heb ik je nog nooit gezien. Volgens mij heb je de hele ochtend nog niet gelachen.'

'Jij kent me ook nog maar net,' antwoordde Manou ijzig. 'Je weet nog helemaal niets van me.'

'Nee, dat klopt,' antwoordde Stef onzeker. 'Maar ik dacht dat we vriendinnen waren.'

Dat was waar. Vanaf de eerste dag dat Manou op haar nieuwe school was gekomen, had Stef haar opgevangen. Ze hadden elkaar op het eerste gezicht al gemogen. De andere kinderen in de klas hielden zich in het begin een beetje op een afstand, maar Stef had echt moeite gedaan om Manou te laten merken dat ze welkom was. Daar moest ze dan ook niet rottig over doen, Stef was gewoon een vriendin.

'Ja, sorry,' zei ze verontschuldigend. 'Ik had gisteravond een nogal vervelend telefoontje en...'

Op dat moment liep Angela langs hen heen, te midden van haar vaste groepje vriendinnen.

'Als we daar het lievelingetje van de paardrijjuf niet hebben,' zei ze pesterig, met een grimas naar Stef. 'En haar fijne hulpje.'

'Niet op reageren,' waarschuwde Stef. 'Dat vindt ze alleen maar leuk.'

Angela boog zich een beetje naar Manou toe. 'Jij voelt je zeker al een hele ruiter, hè kleintje? Je zat gisteren bij het uitstappen zo trots op die pony! Je wordt al een heel grote meid, hè?'

Ze keek om zich heen of haar vriendinnen haar wel leuk vonden, en inderdaad stonden de andere meisjes erbij te grinniken. Manou voelde het bloed naar haar gezicht stijgen. Goed, ze was niet een van de grootsten, maar dat wilde niet zeggen dat er zo neerbuigend tegen haar gepraat hoefde te worden!

Voordat ze iets kon terugzeggen, deed Stef een stap naar voren, zodat ze vlak voor Angela stond. 'Kappen nou, Angela,' zei ze dreigend. 'Ga jij maar kinderen van je eigen leeftijd pesten.'

'Nee maar, het grut krijgt praatjes!' riep Angela met een gillende uithaal van pret. Maar ze zei verder niets meer tegen Manou en liep weer door met haar groepje.

Toen Stef zich omdraaide, zei Manou: 'Je hebt helemaal gelijk.' Stef trok haar wenkbrauwen op. 'Hoe bedoel je?'

'Ze is inderdaad een ontzettend kreng,' antwoordde Manou. Stef schoot in de lach. 'Dat je daar nu pas achter komt!'

Manou sloeg haar arm om de schouder van haar vriendin. 'Dank je wel dat je zo voor me opkomt. En je hebt ook gelijk dat ik geen enkele reden heb om zo naar tegen je te doen. Dat heb je niet verdiend.'

Van opzij keek Stef haar vragend aan. 'En?'

'Hoezo en?'

'Ga je vanmiddag nog mee naar de manege?' wilde Stef weten.

Nu schoot Manou ook in de lach. 'Wat dacht je dan?' vroeg ze. 'Dat ze me daar nu nog weg zouden kunnen houden?'

'Ach ja, je weet nooit wat Angela van plan is,' zei Stef droog. Met de armen om elkaars schouders liepen ze de rest van het speelkwartier over het schoolplein. Iedereen mocht zien dat ze vriendinnen waren. En dat daar niemand tussen kon komen.

# Dat is nog eens lief!

Na schooltijd nam Manou Stef mee naar huis. Mamsyl keek er al niet meer van op dat de twee meisjes samen binnenkwamen. Ze was erg blij dat Manou al zo gauw een vriendinnetje had gevonden in het dorp. Dat zou haar misschien helpen om sneller te wennen.

'Dag dames,' begroette Mamsyl hen. 'Willen jullie misschien iets drinken?'

'Graag iets fris,' antwoordde Stef.

'Mogen we vanmiddag naar de manege en mag ik daarna nog even bij Stef spelen?' vroeg Manou.

'Waarom niet?' Mamsyl schonk twee glazen vol en legde er een paar chocoladekoekjes bij. 'Als je maar op tijd thuis bent voor het eten.'

'Oké,' zei Manou en ze glimlachte naar Stef.

'Maar hebben jullie geen huiswerk?' vroeg Mamsyl.

'Hè, ik dacht al. Míjn moeder zou altijd vragen of ik geen huiswerk had,' zei Stef grinnikend.

Mamsyl keek een beetje betrapt, maar lachte toch mee.

'We hebben alleen topo,' vertelde Manou. 'En dat hoeven we dinsdag pas te kennen.'

'Geen probleem dus,' vond haar moeder. 'Nou, maak je niet te vies op die manege, en veel plezier!'

De manege lag vlak buiten het dorp. Het huis waar Manou en haar familie waren komen wonen, lag in een nieuwbouwwijk aan de rand van het dorp, vlak bij de weg die naar de manege leidde. Stef woonde in een veel ouder huis in het dorp zelf.

'Ik vind jouw moeder wel aardig,' vertelde Stef.

Manou kon natuurlijk nooit beamen dat ze aardig wás. En dus haalde ze haar schouders op en zei: 'Och, gaat wel. Ze heeft best wel eens een rotbui, hoor!'

'Dat hebben alle ouders,' wist Stef. 'En dan zeggen ze altijd dat het aan de kinderen ligt.'

Daar waren ze het samen roerend over eens.

Bij het zien van het bord *Manege De Paardenstaart* werd Manou al helemaal vrolijk. Het was een goed idee van Stef om hiernaartoe te gaan. Ze wist nu al dat ze het naar haar zin zou hebben. In een beregoed humeur liep ze de oprijlaan op.

Het was een stuk minder levendig op de boerderij dan de dag ervoor. Maar dat kwam natuurlijk doordat er op donderdag geen lessen waren. Er stonden geen pony's klaar bij het hek en de boer was gewoon op het land bezig, zag Manou. Hij reed op zijn rode tractor over het veld.

'Ik zal even melden dat we er zijn,' zei Stef. 'Dat heeft Francine altijd graag.'

Dat klonk niet onlogisch, vond Manou. Anders zouden er allemaal vreemden bij de boerderij kunnen rondscharrelen, en ze kon zich voorstellen dat Francine liever niet voor nare verrassingen kwam te staan. Stel je voor dat je in de stal ineens een paar onbekende kinderen tegen het lijf liep. Dan zou je behoorlijk kunnen schrikken als je er niet op bedacht was!

Stef liep niet naar de voordeur van het woonhuis, maar achterom. 'Volk!' riep ze toen ze de bijkeuken binnenging. En daarna liep ze gewoon de keuken in, alsof dat de normaalste zaak van de wereld was. Manou, die gewend was aan de manier waarop mensen in de stad met elkaar omgingen, vond het maar een beetje raar. Je kon toch niet zomaar andermans huis binnenlopen? Maar Stef leek er geen moeite mee te hebben.

Dat gold ook voor Francine, die even later verscheen. Ze groette Stef vriendelijk en zei glimlachend tegen Manou: 'Zo, jij hebt de smaak te pakken, hè? Nou, je mag hier zoveel rondkijken als je wilt. En als je een keer een echte les wilt rijden, dan zeg je het maar.'

Manou kleurde. Dus Francine ging er ook al van uit dat zij wel op paardrijles zou willen. Dan had ze er zeker wel heel blij uitgezien gisteren op die pony!

Terwijl ze de bijkeuken weer uit liepen, werden ze op de voet gevolgd door een kleine zwarte hond.

'Dat is Nero,' vertelde Stef, 'de hond van meneer Van der Meulen. Die gaat altijd met zijn baasje mee, behalve als die weggaat met de tractor. Dan wil meneer Van der Meulen namelijk dat hij hier blijft, want hij heeft ooit eens een hond onder de wielen van zijn tractor gehad. Vandaar.'

Manou kon zich indenken dat de boer daardoor veel voorzichtiger was geworden. Wat afschuwelijk als je zoiets gebeurde!

Samen liepen ze de ponystal in, waar Stef alle dieren kende. Ze aaide de pony's stuk voor stuk en praatte tegen ze. Manou drentelde wat achter haar aan en gaf af en toe een pony een aai over zijn neus.

'We moeten straks maar even vegen,' zei Stef, 'want het is hier een rotzooitje. Maar eerst wil ik je iets anders laten zien.'

'Wat dan?' wilde Manou weten.

Maar Stef vertelde niks. Ze liep voor haar uit naar de paardenstal, aan de andere kant van de boerderij. Nero dribbelde nog steeds achter hen aan.

Bij een van de achterste stallen bleef Stef staan. Ze deed de bovenste helft van de staldeur open en wenkte Manou dat ze moest komen kijken.

Het duurde even voordat Manous ogen gewend waren aan het schemerduister in de stal. Maar toen zag ze het duidelijk. Midden in de stal stond een fier wit paard. En in een hoek lag een schattig klein veulentje te slapen. Het was helemaal zwart en zijn lijfje trilde bij iedere ademhaling.

'Dat is nog eens lief!' zei Manou vertederd. 'Mogen we hem aaien?'

Stef schudde haar hoofd. 'Nee, dat vindt Roda, de moeder, vast niet goed. En de boer wil het ook niet, anders zouden er de hele dag kinderen in de stal zitten en dan krijgt dat arme beest geen rust.'

'Hoe heet hij?' vroeg Manou.

Stef keek verbaasd. 'Had ik dat niet verteld? Dit is nou Vaart.'

O ja, dat was waar ook. Gisteren had Stef inderdaad gezegd dat er een veulentje op de boerderij was dat zo heette. Maar toen had Manou ook zoveel namen te horen gekregen, die kon ze nooit allemaal onthouden. Met Vaart zou ze nu geen moeite meer hebben.

'Zie je hoe zwart hij is?' Stef wees naar het kleine beestje. 'En toch wordt hij later net zo wit als zijn moeder.'

69

Manou keek haar ongelovig aan.

'Nee, echt waar! Het is een appelschimmel. Eerst komen er wat witte ronde plekken en daarna wordt hij steeds witter. Tot hij een echte schimmel is.' Het was aan Stefs gezicht te zien dat ze het meende.

Hoewel ze knikte, geloofde Manou het maar half.

# Tot zover de rondleiding

Manou had eigenlijk nog veel langer bij het veulentje willen blijven kijken, maar er was nog veel meer te zien op de boerderij. En dus liep ze achter Stef aan, die haar van alles aanwees. In de tuin naast het huis hield de boer achter een hek van gaas konijnen en kippen, en ook een paar herten en parelhoenders. En in de schuur stonden alle landbouwwerktuigen: de eg, een hooiwagen, een oude tractor, een ploeg en een hele verzameling rieken en schoppen.

Nieuwsgierig als ze was, bekeek Manou het allemaal. Over zulke dingen had ze op school wel eens gehoord in de les, maar ze had ze nooit in het echt gezien.

Ze liepen langs de schapen en stonden bij het hek van het weiland een tijdje te kijken naar de boer, die met de tractor bezig was. Wat hij precies deed, kon Stef ook niet zeggen, maar het zag er indrukwekkend uit.

Het leukst vond Manou toch de stallen. Ze liet zich door Stef alle pony's en paarden aanwijzen en nam zich vast voor om zoveel mogelijk namen te onthouden. Maar daar kwam natuurlijk niks van: het waren er gewoon te veel. En toch kende Stef ze allemaal!

In de hoge oude paardenstallen wees Stef naar boven, waar in bijna alle hoeken nestjes te zien waren. 'Dat zijn zwaluwnesten,' vertelde ze. 'De zwaluwen vliegen iedere winter naar het zuiden, maar komen elk jaar weer terug. Ik heb wel eens gehoord dat ze helemaal naar Zuid-Afrika vliegen en toch altijd weer precies de weg weten naar deze stal.'

Manou keek vol verbazing omhoog. Ze zag de kleine vogeltjes met de maanvormige vleugels heen en weer vliegen. Volgens Stef vingen ze vliegen en andere insecten voor hun jongen, die in het nestje verborgen zaten.

'En zie je dat?' vroeg Stef, terwijl ze knikte in de richting van een zwart paard dat in een hok stond met wel zes zwaluwnestjes boven zich. Op zijn rug zaten allemaal witte vlekjes.

'Wat is dat?' vroeg Manou.

'Poep.' Stef schaterde om het verbijsterde gezicht van Manou. 'Echt waar! Dat is poep van de zwaluwen.'

'Maar dat is toch hartstikke vies?' vond Manou. 'Het arme beest!'

Stef schudde haar hoofd. 'Nee, hoor, daar merkt hij niks van, met zo'n vacht. En wij borstelen het er toch gewoon weer af? Dan is hij weer helemaal schoon.'

Manou vond dat het er af en toe maar raar toeging op zo'n boerderij. Zou dat bij andere maneges ook zo zijn? Ze vroeg Stef er maar niet naar. Wie weet had die nog nooit een andere manege gezien. En erger: misschien vond Stef het allemaal wel niet zo raar!

'Hoeveel paarden en pony's zijn hier wel niet?' vroeg Manou verbaasd toen Stef haar weer een stal vol pony's binnenleidde.

'Achttien paarden, met Vaart erbij, en tweeëntwintig pony's,' wist Stef uit haar hoofd. 'Dus precies veertig in totaal.'

'Is dat veel of weinig voor een manege?' Manou keek haar vriendin scherp aan. Nu zou blijken of Stef wel eens andere maneges had gezien.

'Sommige grote maneges hebben meer dan honderd paarden,' vertelde Stef. 'Ik ben in de zomervakantie wel eens op een manege in Brabant geweest waar ze tachtig eigen paarden en pony's hadden. En dan nog een heleboel pensionplaatsen. Daar stond het 's zomers helemaal vol.'

'Pensionplaatsen?' vroeg Manou. 'Wat zijn dat?'

Stef ging staan als een schooljuffrouw. 'Pensionplaatsen zijn stallen die een manege verhuurt aan mensen die daar in de buurt op vakantie zijn en hun eigen paard meenemen. Of mensen die hun paard daar het hele jaar laten staan. Dan wordt zo'n beest verzorgd door de manege en komt zijn baasje er af en toe op rijden.'

Kijk, dat wist Manou niet. En dan waren er nog mensen in de stad die zeiden dat dorpelingen dom waren! Die moesten maar eens op een boerderij komen kijken!

Achter in de ponystal was een gedeelte met planken afgetimmerd, terwijl de rest van de stal open was. Achter die planken stond een eenzame pony.

'Waarom staat hij alleen?' wilde Manou weten.

'Dat is geen hij, dat is Victoria,' vertelde Stef. 'Ze is zwanger. En dan is ze altijd een beetje chagrijnig. Francine is bang dat ze ruzie gaat maken met andere pony's en misschien een trap

74

in haar buik krijgt. Dat zou niet zo goed zijn voor haar veulentje. Daarom staat ze hier apart.'

'Zodat niemand last heeft van haar slechte humeur,' begreep Manou. 'Hmm, dat zou misschien ook wel wat voor mijn vader zijn. Die heeft vaak een vreselijk ochtendhumeur.'

Lachend liepen de twee meisjes de stal uit.

'Tot zover de rondleiding,' zei Stef. 'Ik geloof dat ik je nu wel alles heb laten zien.'

'Nou, het was geweldig.' Manou glimlachte dankbaar naar haar. 'Gaan we nu naar huis?'

Stef knikte. 'Yep. En dan kun je mij even helpen.'

Manou keek haar verrast aan. 'O. Waarmee dan?'

'Dat zie je wel als we er zijn,' deed Stef geheimzinnig.

# De kat gaat ook mee

'Wat gaan we nou doen bij jou thuis?' vroeg Manou nieuwsgierig toen ze weer bij het dorp kwamen.
Maar Stef gaf geen krimp. 'Dat merk je zo wel.'
Hoe langer het antwoord op zich liet wachten, hoe nieuws-
gieriger Manou werd. Het was vast iets heel gewoons, wat
Stef haar niet wilde vertellen, maar toch kon ze het niet uitstaan dat ze het niet wist.
Net als op de boerderij gingen ze bij het huis van Stef achter-
om naar binnen. Zou iedereen dat zo doen in een dorp? Dan
kon je overdag nooit eens in je pyjama rondlópen, want dan
kon iedereen zo binnen komen wandelen, bedacht Manou.
Maar het leek haar verstandiger dat niet tegen Stef te zeggen.
'Zo, zijn jullie al terug?' vroeg de moeder van Stef, die Manou
inmiddels al kende. 'En, hoe was het op de manege?'
'Erg leuk,' vertelde Manou. 'Stef heeft me alles laten zien.'
'Ja, Stefanie is daar kind aan huis,' antwoordde Stefs moeder.
'Ze zien haar daar vaker dan wij hier.'
'Oho, dat is niet waar!' riep Stef verontwaardigd maar lachend.
Haar moeder trok haar tegen zich aan. 'Nee, dat weet ik ook
wel. Ik plaag je maar een beetje.' Ze liet Stef weer los. 'Willen
jullie een snoepje?'
Dat wilden ze wel.
Terwijl ze hun een snoeptrommel voorhield, zei Stefs moeder:
'Vergeet je Hendrik-Jan van Dalen niet?'
Stef schudde haar hoofd. 'Daarom zijn we zo vroeg. Manou
gaat ook even mee.'

Manou begreep er niets van en keek haar vriendin verbaasd aan. Maar Stef gebaarde dat ze mee moest gaan.

In plaats van door de keukendeur weer naar buiten te gaan, liep Stef door naar de schuur. Daar haalde ze een hondenriem van de muur. Ze hield de schuurdeur voor Manou open en wees naar de hoek van de binnenplaats.

'Dat is Hendrik-Jan van Dalen,' zei ze.

In de hoek lag een lobbes van een poolhond, die nu moeizaam opstond. Zijn vuilwitte haren stonden alle kanten op, terwijl hij langzaam naar hen toe waggelde.

Manou had de hond wel eens eerder zien liggen, maar alleen in het voorbijgaan. Nu vroeg ze verbaasd: 'Heet hij Hendrik-Jan van Dalen?'

Stef grijnsde. 'Ja, dat vond mijn vader wel een leuke naam. En geef toe: het is weer eens wat anders dan Hector of Kazan.'

Dat moest Manou inderdaad toegeven. 'En is dat het klusje dat je met mij samen wilde doen: de hond uitlaten?'

'Niet alleen met jou,' zei Stef lachend. 'De kat gaat ook mee.'

Manou keek haar ongelovig aan.

'Ja, echt waar,' verzekerde Stef haar. 'Ik weet ook niet waarom, maar dat doet hij altijd. Zodra er iemand met Hendrik-Jan van Dalen gaat wandelen, loopt Poef mee.'

Manou nam zich voor om zich nergens meer over te verbazen.

Ze liepen het tuinhek door en het poortje uit. De hond sjokte een eindje voor hen uit. En ja, hoor, een eindje achter hen kwam een dikke kat over het tuinhek wippen. Hij zag er inderdaad uit als een poef, vond Manou.

'Moet Hendrik-Jan van Dalen zijn riem niet om?' vroeg ze.

Stef schudde haar hoofd. 'Die neem ik alleen maar mee omdat hij anders niet gelooft dat we gaan wandelen. Hij heeft nooit een riem om.'

'En ligt hij altijd buiten?' wilde Manou weten.

'Yep. Hij is een poolhond, hè? Binnen zou het veel te warm voor hem zijn. Hij heeft het nu al hartstikke warm, als het zulk mooi weer is,' vertelde Stef.

Bij de eerste de beste boom deed de hond een plasje. 'En daar bij het veldje gaat hij dan poepen,' wees Stef. 'Dat doet hij altijd. We lopen ook altijd hetzelfde rondje met hem. Als ik anders wil lopen, gaat hij gewoon niet mee.'

'Wat een raar beest!' vond Manou. Ze dacht even na. 'Maar Stef, als zo'n hond de hele dag buiten ligt, waarom poept en plast hij daar dan niet gewoon?'

'Dat zou hij kunnen doen,' gaf Stef lachend toe. 'Plek genoeg bij ons in de tuin. Maar hij doet het nooit. Hij wil per se dat er iemand met hem gaat wandelen. Anders houdt hij het gewoon op.'

Manou schudde ongelovig haar hoofd. Zoiets had ze nog nooit gehoord. Maar ze had ook nog nooit gehoord van een kat die achter je aan kwam als je met de hond ging wandelen. En die dikke Poef liep nog altijd vlak achter haar.

Dit moest ze aan Renske vertellen, besloot ze.

# Nu heb ik twee vriendinnen

Na het avondeten zei Mamsyl: 'Manou, ik moest je nog iets helpen herinneren.'

'Ja, ik weet het. Ik ga het nu doen.'

Manou ging naast de telefoon zitten en toetste het nummer van Renske in. Dat kende ze uit haar hoofd.

'Met Barbara den Ouden.'

'Hallo, met Manou. Mag ik Renske even?'

'Hé Manou, alweer! Natuurlijk, ik zal haar even roepen.'

Even later had ze haar vriendin weer aan de lijn.

'Hoi, met mij.'

'Hallo. Ik ben blij dat je belt.'

Manou grinnikte. 'Ook al is het mijn beurt niet?'

'Misschien wel juist daarom.' Ook aan Renskes kant van de lijn klonk nu wat gegrinnik.

'Ik heb de hele dag lopen denken aan ons telefoongesprek van gisteren,' vertelde Manou vervolgens heel ernstig.

'Ja, ik ook.'

Het was even stil.

'Je bent nog altijd mijn beste vriendin, weet je.' Gespannen wachtte Manou op de reactie.

'Jij ook de mijne.'

Het was een hele opluchting om dat te horen. Maar er moest nog wat gezegd worden, wist Manou. 'Maar weet je, nog even over Stef.'

'Ja, daar wou ik ook wat over zeggen.'

'Ik eerst.' Manou haalde diep adem. 'Stef is ook mijn vriendin, weet je. Want jij zit helemaal in de stad en ik woon nu hier. En zij zit bij mij in de klas. En ze is heel aardig tegen me. Met haar ben ik naar de manege geweest. Vandaag weer. Ze weet heel veel van de boerderij en van al die dieren. Maar ja, ze is jou natuurlijk niet.'

'Dat weet ik.' Weer was het even stil. 'Daarom wilde ik ook zeggen dat het me spijt dat ik gisteren zo jaloers deed, weet je. Want ik mis je elke dag.'

'Ik jou ook.' Dit werd een wat vreemd gesprek, besefte Manou. En dus begon ze te vertellen. 'Het is hier raar, joh! Ik heb vandaag een zwart veulentje gezien dat later een schimmel wordt. En een hond die de hele dag buiten is, maar alleen wil plassen als je met een losse riem achter hem aan loopt. En dan gaat de kat ook mee.'

Renske lachte. 'Ja, dat soort dingen heb je hier niet. Die zou ik ook wel eens willen zien.'

'Dat kan toch!' riep Manou enthousiast in de hoorn. 'Je komt hier gewoon een weekend logeren. Dat vinden onze ouders vast wel goed. En dan kan Stef jou ook al die rare dingen laten zien.'

'Dat lijkt me een goed plan.'

Dolblij legde Manou even later de hoorn neer. Ze rende naar haar moeder. 'Mamsyl, moet je horen hoe leuk!'

# Manou krijgt rijles

# Kunnen ze nog harder?

'Kom op Kezman! Vooruit Kuyt!'
Meneer Van der Meulen schreeuwde tegen de paarden die hij zojuist had ingespannen voor het wagentje met de grote wielen. De twee zwarte paarden stonden vlak naast elkaar, allebei aan een kant van de balk die voor aan het wagentje vastzat. Dat was de disselboom, wist Manou inmiddels. De dwarsbalkjes aan weerskanten van de disselboom zaten vast aan het tuig voor de borst van de paarden.
Door de lange teugels even hard op en neer te laten gaan, spoorde meneer Van der Meulen de paarden aan. 'Kezman, Kuyt, daar gaan we!'
Aan die rare namen was Manou nu wel gewend. Iedereen die wel eens op Manege De Paardenstaart was geweest, wist dat de meeste paarden en pony's daar de namen van bekende voetballers hadden. Dat vond meneer Van der Meulen nu eenmaal leuk. Hij was de boer van de oude boerderij waarin de manege gevestigd was. En de vader van Francine, de eigenares van Manege De Paardenstaart.
De twee paarden kwamen in beweging. Tevreden ging de oude boer wat achteruitzitten op de bok van het wagentje. Hij liet de zweep knallen in de lucht. Meteen gingen de paarden over in een drafje.
'Yes!' riep Stef enthousiast. Tot dan toe had ze met haar beide armen boven op het hek geleund, maar nu ging ze op de onderste plank ervan staan, om het allemaal beter te kunnen zien.

Manou keek waarderend naar haar vriendin. Zonder Stef had ze hier niet gestaan. Dan was ze misschien zelfs nooit op een manege geweest. En had ze wellicht nooit van zichzelf geweten dat ze zo gek was op paarden en pony's. Ook zij ging op de onderste plank van het hek staan, vlak naast Stef.

In het weiland stuurde meneer Van der Meulen de paarden uit de buurt van de ergste hobbels. Hij had de dieren uitstekend in de hand, zo te zien.

'Goed, hè, van Kezman?' riep Stef opgetogen. 'Dit is pas de eerste keer dat Kuyt voor de wagen staat, maar Kezman zorgt dat hij hartstikke rustig blijft. Anders was Kuyt misschien wel gaan springen of bokken, dat doen die jonge Friezen vaak.'

Springen of bokken was dus niet goed als een paard voor een wagen stond, begreep Manou. Ze knikte lachend naar Stef, maar die had alleen maar oog voor de paarden, die nu in een grote boog weer naar hen toe kwamen.

'Kunnen ze nog harder?' vroeg Manou.

'Hier niet, natuurlijk!' antwoordde Stef, zonder haar aan te kijken.

Manou fronste haar wenkbrauwen. 'Waarom is dat zo natuurlijk?'

Nu keek Stef eventjes geërgerd opzij. 'Omdat de grond hier veel te ongelijk is. Als ze harder zouden gaan dan dit, dan zou meneer Van der Meulen helemaal door elkaar geschud worden. Als hij al kon blijven zitten.'

Daar had Manou nog helemaal niet aan gedacht. Natuurlijk! De grond van het weiland was erg ongelijk. Daar zou je niet eens op kunnen fietsen!

'Maar waarom rijden ze dan niet op het erf?' vroeg ze. 'Of op de weg?'

'Dat kan nog niet met Kuyt,' legde Stef uit. 'Die moet eerst nog wennen voor de wagen. Stel je voor dat hij ergens van schrikt of zo! Hier in het weiland kan hij geen kant op en kan

er niemand gewond raken, maar als hij op het erf of op de weg ineens gaat galopperen, is dat veel te gevaarlijk.'

Ook dat klonk logisch, vond Manou. Hoe kwam het toch dat zij zulke dingen niet wist, terwijl de volwassenen en zelfs de kinderen op de manege er alles vanaf leken te weten? Ze voelde zich vaak zo dom, omdat ze alles nog steeds moest vragen.

De paarden kwamen nu briesend en snuivend op het hek af. De boer stuurde naar links en ze gehoorzaamden direct. De stampende dieren en de rollende wagen gingen op enkele meters afstand langs de beide meisjes heen.

Wat een kracht! Wat een beheersing! Manou was er echt van onder de indruk. Het leek meneer Van der Meulen geen enkele moeite te kosten om die twee grote, sterke beesten in bedwang te houden. Sterker nog: ze deden alles wat hij wilde. Ongelofelijk. Zou zijzelf ooit ook…

Ze maakte die gedachte niet af, omdat een van de twee paarden ineens door zijn voorbenen zakte en viel. Naast haar gaf Stef een luide kreet van schrik en ze klom meteen over het hek heen. Voordat Manou wist wat er aan de hand was, had ze het voorbeeld van haar vriendin gevolgd.

De twee meisjes holden naar de paarden en de wagen. Meneer Van der Meulen was ondertussen al afgestapt en stond bezorgd te kijken bij het linkerpaard. Het dier probeerde overeind te komen, maar had daar kennelijk problemen mee. Pas na een paar pogingen bleef hij staan, met één been opgetrokken.

'Wat is er gebeurd?' vroeg Stef hijgend.

Manou kwam vlak achter haar tot stilstand.

Met een ernstig gezicht wees de boer naar het rechtervoorbeen van het paard. 'Hij is in een molshoop gestapt, geloof ik. Het ziet er niet goed uit.' Hij pakte het dier bij het hoofdstel. 'Kun jij hem even vasthouden? Dan span ik hem uit.'

Stef knikte en pakte het hoofdstel beet. Met snelle bewegingen begon meneer Van der Meulen riemen los te maken bij het hoofd en de borst van het paard.

'Kan ik ook wat doen?' vroeg Manou.

De boer keek haar even aan en zei toen kortaf: 'Haal jij Francine even. Zeg maar dat er iets mis is met Kuyt. Maar wel vlug, hè!'

Manou holde zo hard als haar benen haar konden dragen. Haar gezicht gloeide. Ze was dolblij dat ze kon helpen. Met iets dat echt belangrijk was!

# Er is toch geen brand of zo?

'Waar is Francine?' riep Manou naar een paar meisjes die aan het vegen waren bij de ponystal.

Ze keken verbaasd op, zagen de bezorgde uitdrukking op Manous gezicht en wezen in de richting van het woonhuis.

Manou rende erheen en stormde de bijkeuken binnen. Wat riep Stef daar ook weer altijd? O ja.

'Volk!' brulde ze.

Als stadskind kon ze er maar moeilijk aan wennen dat de mensen in dit dorp gewoon achterom elkaars huis binnenstapten. Goed, ze riepen wel wat, maar stonden dan toch zomaar in andermans huis! Dat vond ze nog altijd raar, want zij was opgegroeid met de gedachte dat alleen de bewoners vrij in en uit hun huis konden en mochten lopen.

Maar dit keer was ze blij dat ze niet eerst op een bel hoefde te drukken. Ze stoof de bijkeuken door, trok de keukendeur open en brulde nogmaals: 'Volk!'

Met een verbaasd gezicht kwam Francine uit de gang aanlopen. 'Nou zeg, wat een drukte maak jij!' sprak ze op verwijtende toon. 'Er is toch geen brand of zo?'

Manou moest even op adem komen voordat ze kon stamelen: 'Francine, je moet komen... zegt meneer Van der Meulen. Er is iets mis met Kuyt.'

'Met Kuyt?' vroeg Francine bezorgd. Ze rukte meteen haar jasje van de kapstok en liep naar Manou toe. 'Wat is er gebeurd dan?'

'Hij is gevallen,' vertelde Manou. 'Meneer Van der Meulen denkt dat hij in een molshoop is gestapt.'

Met zachte drang duwde Francine haar voor zich uit de bij-keuken in. 'Waar zijn ze?' vroeg ze gehaast.

'In het weiland,' zei Manou. 'Met het wagentje.'

Het volgende moment was Francine al weggerend. Manou ging achter haar aan, hoewel ze een felle steek in haar zij voel-de. Ze kon het tempo niet bijhouden.

Francine nam de tijd niet om het hek van het weiland open te maken, maar pakte in volle vaart de bovenste plank van het hek en sprong er met een zwaai van haar benen overheen. Dat deed Manou haar niet na. Als je over het hek klom, kwam je er ook, al duurde het wat langer.

Toen Manou bij het wagentje aankwam, zat Francine al op haar hurken, met het bezeerde voorbeen van Kuyt in haar handen.

'Het is geloof ik niet gebroken,' constateerde Francine opge-lucht. 'Maar ik vertrouw het toch niet. Ik bel Tempelman.'

Haar vader, die bezig was nu ook het andere paard uit te spannen, knikte. Meteen pakte Francine een mobieltje uit de binnenzak van haar jasje en toetste een nummer in.

Stef, die nog altijd Kuyt vasthield, zag aan Manous gezicht dat ze zich afvroeg wie die Tempelman wel mocht zijn. 'De dierenarts,' verduidelijkte ze.

Natuurlijk, dacht Manou. Dat had ze zelf ook kunnen beden-ken. Een beetje geërgerd keek ze om zich heen. 'Kan ik ook nog wat doen?'

Op dat moment kreeg Francine blijkbaar verbinding. Ze draaide zich een beetje van de meisjes weg en zei: 'Theo? Met Francine van der Meulen, van Manege De Paardenstaart.' Ze wachtte even voordat ze vervolgde: 'Ja, hallo. Op dit moment even niet zo goed. Een van onze jonge Friezen is gestruikeld en heeft pijn aan zijn voorbeen… Nee, hij kan er niet op staan.'

Weer luisterde ze even, om het gesprek vervolgens af te ron-den met: 'Oké, tot zo. We zijn met hem in het grote weiland.'

Daarna klapte ze haar mobieltje dicht en keerde zich weer

naar de meisjes. 'Dames, hartelijk dank voor jullie hulp. Die kwam goed van pas.' Ze keek naar haar vader, die net de teugels van het andere paard losmaakte, en richtte zich toen tot Stef. 'Stefanie, denk je dat het jullie lukt om samen Kezman op stal te zetten? Dan blijven mijn vader en ik hier met Kuyt tot dokter Tempelman komt.'

Stef knikte. 'Dat zal wel gaan, hè Manou?'

Manou voelde dat ze een kleur kreeg. Wat stoer! Eerst had ze zo'n belangrijke opdracht gekregen. En nu mocht ze helpen om een echt paard op stal te zetten. Nog wel zo'n mooie zwarte Fries!

'Ja, tuurlijk!' antwoordde ze enthousiast.

Ze durfde nog niet, net als Stef, het paard bij zijn hoofdstel te pakken, maar ze rende wel vooruit naar het hek, om dat te kunnen opendoen voor Stef en Kuyt. Achteromkijkend zag ze dat Francine en meneer Van der Meulen met Kuyt bezig waren. Het karretje stond er verloren bij, met al die riemen er los overheen.

Op het erf hadden ze veel bekijks van de andere kinderen van de manege.

'Zo, dat is toch Kezman? Mag jij met een Fries lopen, Stef?' vroeg een meisje met lange vlechten jaloers.

Manou kende haar: dat was Angela, die op school een groep hoger zat dan Stef en zij. Ze hadden al een keer ruzie gehad.

'Yep,' zei Stef kortaf.

'Weet meneer Van der Meulen daarvan?' drong Angela aan.

Stef glimlachte, terwijl ze een hoofdbeweging naar achteren maakte. 'Waarom ga je hem dat zelf niet even vragen?'

Onzeker keek het meisje in de richting van het weiland. Daar had ze Francine en meneer Van der Meulen algauw in de gaten. 'O, wat doen ze daar?' vroeg ze. 'En is dat Kuyt niet? Wat is er met hem aan de hand?' Geschrokken bracht ze een hand naar haar mond.

'Hij is gevallen,' vertelde Stef. 'Maar mag ik er nu even langs? We moeten Kezman op stal gaan zetten.'

Zonder nog een woord te zeggen stapte Angela opzij om Stef en het paard door te laten. Manou glipte er gauw achteraan. Dit zou ze niet graag willen missen. Een echt paard op stal zetten!

# Begin jij ook al?

De afgelopen paar weken was Manou regelmatig met Stef naar Manege De Paardenstaart gegaan. Ze had gekeken bij Stefs lessen, ze had geholpen met het vegen van de stallen en ook met het op- en afzadelen en borstelen van pony's.

Maar paarden had ze alleen nog van een afstandje bekeken. De meeste pony's vond ze al zo groot. Kon je nagaan hoe kolossaal zo'n paard wel niet was, vooral als je er vlak naast ging staan!

'Kun jij de staldeur openhouden?' vroeg Stef. 'Het is de tweede deur links.'

Manou moest even kijken hoe zo'n deur openging, maar ze kreeg het gelukkig voor elkaar zonder dat Stef met het paard op haar hoefde te wachten.

Toen het dier zijn stal open zag staan, liep hij er vanzelf in. Stef hoefde hem niet eens vast te houden. Hij draaide een rondje in de kleine ruimte en bleef rustig staan kijken naar de beide meisjes, met zijn oren recht overeind.

'Mooi zo.' Stef klopte hem op zijn hals. 'Nu eerst dat hoofdstel af en je halster om.' Ze wees op een halster dat tegenover de stal aan de muur hing. 'Kun jij dat even pakken, Manou?'

Dat liet Manou zich geen twee keer zeggen. Ze haalde het halster van het haakje en hield het omhoog voor Stef, die inmiddels bijna klaar was met het losgespen van het hoofdstel. Algauw konden ze hoofdstel en halster ruilen.

In plaats van het hoofdstel meteen op te hangen, bleef Manou kijken hoe Stef het halster omdeed bij Kezman.

94

Wat deed Stef dat toch handig! Manou had er zelf de grootste moeite mee om te zien wat voor, achter, onder en boven was bij een halster, maar haar vriendin had daar totaal geen problemen mee. Die deed het zomaar, en dat enorme paard vond het allemaal nog best ook!

Weer klopte Stef het paard op zijn hals. 'Hij is wel braaf, hoor.' Ze draaide haar hoofd naar Manou. 'Sommige paarden willen je altijd laten zien dat zij de baas zijn in hun stal. Dan gaan ze duwen of proberen ze op je tenen te gaan staan.'

'Nee!' zei Manou verrast. Ze geloofde niet dat een dier zoiets kon doen.

Maar Stef meende het. 'Echt waar, hoor! Er zitten etters tussen. Zoals Zamorano, die grote bruine hengst in de andere paardenstal. Die is echt vervelend. Sommige kinderen durven niet eens bij hem in de stal, omdat hij altijd zo staat te klieren als je hem wilt opzadelen.' Ze aaide het zwarte paard over zijn neus. 'Maar jij niet, hè Kezman? Jij bent braaf. Zoals de meeste Friezen, trouwens.'

'Is dat zo?' vroeg Manou. 'Zijn Friezen zulke brave paarden?'

'De Friezen die ik ken wel.' Er verscheen een denkrimpel op Stefs voorhoofd. 'Hoewel ze soms wel eens zo vol energie zitten dat ze er in de bak als een speer met je vandoor gaan. Dan gaan ze hard, man!'

Dat nam Manou direct van haar aan. Ze huiverde bij de gedachte dat ze zelf op een paard zou zitten dat er met haar vandoor ging. Wat moest je dan doen? Je kon je niet eens ergens aan vasthouden!

'Maar jij bent een lieverd,' zei Stef, terwijl ze haar armen om de grote nek van het paard sloeg en haar gezicht tegen zijn vacht drukte. 'Ik kan je wel opvreten!'

Manou schoot in de lach. 'Daar heb je nog een hele hap aan!'

Verbaasd merkte ze dat Stef niet meelachte. Haar stem klonk zelfs scherp toen ze antwoordde: 'Ik eet geen paardenvlees.'

'Dat bedoel ik ook helemaal niet.' Manou begreep er niets van dat haar vriendin ineens zo raar reageerde. 'Ik wilde alleen maar zeggen dat je zo'n enorm paard niet makkelijk zou kunnen opeten.' Omdat ze zag dat haar vriendin haar wenkbrauwen weer fronste, voegde ze daar snel aan toe: 'Als je dat al zou willen, natuurlijk.'

Stef kwam uit de stal naar haar toe lopen. 'Ja, sorry hoor, maar ik word thuis nogal eens gepest met paardenvlees. En ik moet er echt niet aan denken dat ik vlees zou eten van zo'n lief dier.'

'Wat zeggen ze dan bij jou thuis?' wilde Manou weten.

Een beetje onwillig haalde Stef haar schouders op. 'Mijn ouders en mijn broer eten wel paardenworst en paardenrookvlees. Als mijn broer daar een plakje van neemt, houdt hij dat altijd omhoog en zegt hij tegen mij: "Volgens mij is dit een paard geweest van jouw manege."'

'O, wat gemeen!' vond Manou.

Stef knikte. 'En toen ik een keer vroeg of ik een eigen pony mocht, zei mijn vader dat hij daar geen geld voor had. Maar dat ik misschien een pony bij elkaar kon sparen met plakjes worst en rookvlees, die ik dan zelf aan elkaar moest plakken.'

Manou schoot in de lach.

'Nou!' riep Stef verontwaardigd. 'Begin jij ook al?'

'Sorry, ik kan er niets aan doen!' piepte Manou. 'Ik zag jou ineens voor me, terwijl je aan het proberen was een paard te maken door allemaal stukjes vlees aan elkaar te plakken.'

Weer werd het haar te machtig. Ze draaide zich van haar vriendin weg en stond bijna te huilen van het lachen.

Stef was te boos om iets terug te zeggen. Met haar armen over elkaar bleef ze staan wachten tot haar vriendin eindelijk klaar zou zijn met dat idiote gelach.

Vanuit zijn stal keek Kezman verbaasd naar de twee meisjes, van wie er eentje het zo te zien heel benauwd had, terwijl de ander haar niet eens te hulp schoot. Hij begreep er niets van.

# Dan zou ze wat meemaken!

'Wat was er met Stefanie aan de hand?' vroeg de moeder van Manou. 'Hebben jullie ruzie?'

'Nee, dat niet.' Manou grijnsde toen ze terugdacht aan het chagrijnige gezicht van haar vriendin. Stef had het helemaal niet leuk gevonden dat zij de slappe lach had. Maar het was ook zo grappig om je voor te stellen dat Stef thuis aan tafel met een tubetje lijm probeerde een eigen paard bij elkaar te plakken!

'Maar wat was er dan met jullie?' drong haar moeder aan.

'Niks Mamsyl, echt niet!'

Manou en haar zus Claire noemden hun ouders altijd Mamsyl en Patom. Want 'papa' en 'mama' vonden ze zo kaal. Bovendien noemden alle kinderen hun ouders al zo. En omdat hun ouders Sylvia en Tom heetten, hadden ze daar Mamsyl en Patom van gemaakt. Eerst zelfs Masyl, maar dat wilde hun moeder niet. Dat leek te veel op 'mazel' en ze wilde niet heten naar een besmettelijke ziekte.

'Wat ga je doen?' wilde haar moeder weten toen Manou de keuken uit liep.

'Ik ga naar boven,' riep Manou over haar schouder terug. 'Huiswerk maken. Op mijn kamer.'

Dat was een van de grote voordelen van de verhuizing: een eigen kamer. Manous vader had een andere baan gekregen en dus moesten ze verhuizen naar dit dorp, vlak bij zijn werk. Claire en Manou hadden enorm gehuild, maar dat had niks geholpen. Er zat niets anders op, legde hun vader uit. Hijzelf vond het ook niet leuk om uit de stad weg te gaan, maar hij kon niet anders.

Hun hele leven hadden Claire en Manou in een flat gewoond, in de buitenwijk van een grote stad. Ze waren er helemaal aan gewend en dachten dat ze niets anders wilden. Altijd hadden ze met zijn tweeën op één kamer geslapen, in een stapelbed. Maar dit nieuwe huis was veel groter. Het had twee verdiepingen en een zolder. Plus een schuur met een tuin. En omdat er zoveel ruimte was, kregen de meisjes allebei een eigen kamer. Dat vonden ze geweldig.

Manou ging haar kamer binnen en keek rond. Eindelijk had ze de kamer waarin ze sliep zo kunnen inrichten als zij het wilde. Met posters die ze zelf mooi vond en spullen die ze zelf had uitgezocht. Bovendien hoefde ze niet meer tegen de rommel van haar grote zus aan te kijken. En kon ze voor de spiegel gaan zitten als ze dat prettig vond.

Daar stond tegenover dat ze in bed niet meer al haar geheimen en zorgen kon uitwisselen met Claire. Dat vond ze stiekem erg jammer, al zou ze natuurlijk liever haar tong afbijten dan zoiets te vertellen. Want dan zou Claire vast iets onaardigs zeggen over kleine meisjes die nog niet groot genoeg waren om al een eigen kamer te hebben. Sinds haar grote zus op de middelbare school zat en een 'brugsmurf' was, zoals ze dat zelf noemde, deed ze vaak heel onaardig en neerbuigend tegen Manou.

Manou plofte neer op haar bed. Wat had die Stef aangebrand gedaan, zeg! Dat was ze helemaal niet van haar gewend. Vanaf de eerste dag dat Manou in dit vreemde dorp naar school was gegaan, had ze Stef aardig gevonden. En Stef haar ook. Het was Stef geweest die haar had opgevangen en haar alles over de school had verteld. Terwijl de andere kinderen uit hun klas duidelijk hadden laten merken dat ze Manou maar een raar stads meisje vonden.

Ze zuchtte. Als Stef er niet geweest was, zou ze zich bar ongelukkig hebben gevoeld op haar nieuwe school. Het was toch al zo gek om ineens ergens anders te wonen, ver van alle vriendinnen die ze al van jongs af aan kende. En vooral ook ver van Renske, haar hartsvriendin.

Renske en zij hadden hard gehuild toen Manou haar het nieuws vertelde over haar vaders nieuwe baan en de verhuizing die daaraan vastzat. Ze hadden elkaar plechtig beloofd dat ze elkaar nooit zouden vergeten. Dat ze brieven zouden schrijven. En elke week minstens twee keer zouden bellen. Om de beurt.

Manou vouwde haar handen in elkaar, legde die in haar nek en leunde tegen de muur. Brieven schrijven had ze alleen de eerste weken veel gedaan. Soms had ze expres boven zo'n brief gehuild, om Renske maar te laten zien dat ze haar zo miste. Maar de laatste weken hadden ze elkaar nauwelijks ge-

schreven. Wel gebeld, zoals ze hadden afgesproken, alleen wat minder vaak.

Zou het kloppen dat je iemand ging vergeten als je haar niet meer zo vaak zag? Dat nooit! Manou wilde Renske helemaal niet vergeten! En ze zou ervoor zorgen dat het niet gebeurde ook. En Renske moest vooral ook niet proberen om haar te vergeten, want dan zou ze wat meemaken!

Een paar weken geleden hadden ze zelfs ruzie gehad. Renske was een beetje jaloers geweest toen Manou vertelde dat ze zo goed met Stef kon opschieten en vaak met haar naar de manege ging. Maar dat ruzietje hadden ze gauw weer bijgelegd, omdat Renske ook wel begreep dat Manou hier niet zonder vriendinnen kon. En dat zijzelf altijd haar hartsvriendin zou blijven, ook al zagen ze elkaar bijna niet meer.

Maar binnenkort zou alles veranderen. Renske zou komen logeren en dan werd alles weer goed, dat zou je zien.

Neuriënd begon Manou haar schooltas uit te pakken. Ze moest hoognodig beginnen met haar topo, want overmorgen zouden ze daar een overhoring van krijgen. Over de provincie Groningen. Pff, wat lastig, met al die gekke plaatsnamen. Moest je zien: Rodeschool en Oude Pekela. Wie verzon zulke rare namen eigenlijk?

Op die school hier moesten ze heel veel uit hun hoofd leren, heel anders dan op de school in de stad, waar ze in groepjes opdrachten hadden moeten maken.

Nou ja, ze zou gewoon weer een half uurtje oefenen met dat kaartje vol nummers bij de plaatsen en zich straks laten overhoren door Mamsyl. Dan kwam het allemaal vast wel weer voor elkaar.

# Typisch een kleuter!

De schooldagen duurden Manou veel te lang. Vooral de donderdag, als ze geen gym en geen tekenen hadden, maar wel tot kwart over drie in de klas moesten zitten.

Op zulke dagen miste ze haar vroegere school. Daar hadden ze in groepjes zelfstandig mogen werken, zodat je zelfs van duffe opdrachten nog iets leuks kon maken. Hier moest je werkelijk de hele dag in je bankje zitten, naar de meester luisteren en ieder voor zich opgaven maken, zonder te mogen overleggen. Ze vond meester Johan wel aardig, daar lag het niet aan. Maar ze had nooit geweten dat school zo saai kon zijn. Dat hadden ze in de stad toch beter geregeld.

In het speelkwartier had ze ook al niet veel plezier. Natuurlijk was het gezellig om met Stef rond te lopen en te praten over van alles en nog wat. Zoals over de manege, de pony's en de paarden. Maar ze kwamen ook altijd die vervelende Angela tegen, met haar vaste clubje vriendinnen. En Angela vond het iedere keer weer nodig om iets onaardigs te zeggen tegen Stef of tegen haar. Soms zelfs tegen allebei.

Ook vandaag was het weer raak. Terwijl ze bij het hek van het schoolplein met Stef aan het kletsen was, voelde Manou een duw in haar rug. Toen ze zich omdraaide, stond daar Angela, met haar vriendinnen om zich heen. Ze was een hoofd groter dan Stef en Manou, en haar lange vlechten zagen er altijd prachtig uit. En haar scheiding zat altijd kaarsrecht in het midden. Als ze wat vriendelijker ogen had gehad, zou Manou haar best mooi vinden.

'Zo kleutertjes,' zei Angela pesterig. 'Mogen kleine kinderen zoals jullie tegenwoordig al grote paarden op stal zetten op de manege?'

Manou wisselde een snelle blik met Stef. Die schudde nauwelijks zichtbaar haar hoofd om aan te geven dat Manou beter niks terug kon zeggen.

'Dat komt natuurlijk omdat jullie de lievelingetjes zijn van Francine, hè?' ging Angela verder. 'Ik snap jullie wel, hoor. Gewoon een beetje slijmen bij de juf, dan mag je ineens van alles wat anderen niet mogen.'

Het lukte Manou gewoon niet om haar mond te houden. Ze deed een stap naar Angela toe, zodat ze vlak voor haar kwam te staan. Tot haar eigen verbazing hoorde ze zichzelf zeggen: 'Jij gelooft maar wat je wilt, opgeblazen tut! Wij hebben gewoon geholpen toen Kuyt gewond raakte. En als jij daar iets vervelends achter wilt zoeken, doe je je best maar.'

Vervolgens keerde ze zich kwaad om, pakte Stef bij haar mouw en liep weg.

Angela was even sprakeloos, maar riep haar nog achterna: 'Moet je zien, typisch een kleuter! Wel een grote mond, maar dan hard weglopen!'

Stef en Manou luisterden al niet meer.

'Wat goed van jou om dat zomaar in haar gezicht te zeggen,' vond Stef.

'Ik wist niet eens dat ik iets ging zeggen,' vertelde Manou kleintjes. 'Ik was ineens zo boos.'

Stef grijnsde. 'Dat kan helemaal geen kwaad. Iemand moet die Angela eens de waarheid zeggen. Ze denkt dat ze de koningin van het schoolplein is.'

Manou haalde haar schouders op. Ze vond het eigenlijk best dapper dat ze zo voor zichzelf was opgekomen tegen Angela. Maar ze had niet veel zin om er lang over door te praten. Zo belangrijk was die Angela ook weer niet.

103

De rest van de schooldag was louter verveling. Stomvervelende taalles, stomvervelende rekenles en stomvervelende
geschiedenis. Manou was blij toen eindelijk, eindelijk de laatste schoolbel ging.

Toen ze met Stef naar huis liep, zag ze een eindje verderop
Angela staan praten met twee van haar vriendinnen. Ze deed
net of ze hen niet in de gaten had. Van Angela had ze die dag
meer dan genoeg. Hoe durfde ze haar, een meisje van negen,
een kleuter te noemen? Het was al erg genoeg dat Claire dat
af en toe tegen haar zei. Maar van iemand anders pikte ze dat
mooi niet. Lekker puh.

'Gaan we straks nog even naar de manege?' vroeg Stef.

'Natuurlijk!' antwoordde Manou opgewekt. 'Ik wil wel weten
hoe het met Kuyt is.'

'Oké,' zei Stef. 'Dan breng ik even mijn schooltas thuis, doe ik
een paar oude schoenen aan en kom ik je zo ophalen.'

Dat vond Manou prima. En een paar oude schoenen aantrekken was nog niet eens zo'n gek idee. Mamsyl had een paar
keer gemopperd dat ze met zulke vieze voeten thuiskwam en
dat 'die vieze paardentroep' haar schoenen verpestte.

# Een echte boer

'Waar staat Kuyt eigenlijk?' vroeg Manou toen ze het erf van de boerderij op liepen.

'Vlak naast Kezman,' antwoordde Stef. 'Meneer Van der Meulen heeft al zijn Friezen bij elkaar staan.'

Manou keek haar verbaasd aan. 'O, zijn ze van hem? Ik dacht dat ze bij de manege hoorden.'

Stef schudde haar hoofd. 'Nee, die Friezen zijn van meneer Van der Meulen zelf. Daar zorgt hij altijd voor en hij rijdt er ook wedstrijden mee. Tweespannen en ook vierspannen, samen met meneer Van Barneveld, hier een eindje verderop.'

Die naam kwam Manou niet bekend voor, maar ze had de boer wel eens samen met een bejaarde man in het weiland bezig gezien met de zwarte paarden.

In de stal stopten ze even om Kezman over zijn neus te aaien. Hij snuffelde om te controleren of ze misschien wortels of een andere lekkernij hadden meegenomen, en draaide toen teleurgesteld zijn hoofd weg.

Een stal verder stond Kuyt bij zijn voerbak. Zijn rechtervoorbeen was verbonden en hij hield het wat gebogen.

'Zie je dat, hij heeft er nog steeds last van,' wees Stef. 'Ik ben benieuwd of het ernstig is.'

'Het valt wel mee,' zei een stem achter hen.

Ze draaiden zich om en zagen dat de boer achter hen de stal was binnengekomen.

'De dierenarts heeft hem onderzocht en hij heeft niks gebroken,' vertelde meneer Van der Meulen. 'Gelukkig niet, want

dan zouden we zo'n prachtig jong dier hebben moeten laten afmaken.'

'Nee toch?' schrok Manou. 'Alleen omdat hij een been gebroken heeft?'

De oude man knikte triest. 'Dat is niet anders. Je kunt een paard moeilijk in een ziekenhuisbed leggen om een breuk rustig te laten genezen. Zo'n dier moet bewegen, lopen. En dan komt het eigenlijk nooit meer goed met een gebroken been. Daarom kunnen we zo'n beest maar beter veel pijn en ellende besparen door hem te laten afmaken. Hoe ellendig dat ook is.'

Manou was er helemaal van onder de indruk. Ze keek naar Stef, maar die wist het kennelijk allemaal al, zoals gewoonlijk, want ze stond te knikken.

'Ik wou nog zeggen,' ging meneer Van der Meulen verder,

'dat ik erg blij was dat jullie me gisteren zo geholpen hebben. Ik zou anders niet hebben geweten wat ik had moeten doen in mijn eentje. Ik kon die arme dieren moeilijk in de steek laten en er moest snel hulp komen.'

'Graag gedaan, hoor,' stamelde Manou met een rood hoofd.

'Maar u had toch iemand kunnen bellen met uw mobieltje?' zei Stef praktisch.

'Zo'n klein telefoontje, bedoel je?' Meneer Van der Meulen schoot in de lach. 'Nee, dat is niks voor mij, al dat moderne gedoe. Ik heb een telefoon in de huiskamer en dat vind ik meer dan zat.'

Met zijn grote handen gaf hij allebei de meisjes een klopje op de schouder. Na nog even bij Kuyt gekeken te hebben, liep hij de stal weer uit.

'Een echte boer,' vond Manou. 'Ik zou me hem niet eens voor kunnen stellen met een mobieltje.'

'Nee, maar op zulke momenten zou dat best handig kunnen zijn,' wierp Stef tegen. 'Want wat had hij moeten doen als wij daar niet gestaan hadden? Met een mobieltje had hij snel zelf Francine of de dierenarts kunnen bellen.'

Daar had Manou niet van terug. Ze keek om zich heen. 'Zeg, hier is verder ook niet veel te beleven. Zullen we nog even naar de pony's gaan?'

'Ik dacht dat je het nooit zou vragen.' Stef lachte. 'Wie het laatst bij de ponystal is, moet het hele middenpad vegen, oké?' En weg was ze.

Meteen rende Manou achter haar aan. Haar vriendin was dan wel snel, maar ze was niet van plan zich zomaar gewonnen te geven. Ze wilde niet weer dat verrekte middenpad hoeven vegen. Dat mocht Stef deze keer mooi zelf doen.

# Ik wil het allemaal zien

Elke avond na het eten ruzieden Claire en Manou om de afstandsbediening van de televisie. Ze wilden namelijk altijd allebei een ander programma zien. Claire vond de programma's die Manou leuk vond stuk voor stuk kinderachtig of saai. En Manou had geen zin om de hele tijd naar clips van TMF of MTV te zitten kijken.

Hun ouders hadden het bemiddelen al opgegeven. 'Als ik het achtuurjournaal maar kan zien, vind ik alles best,' zei Patom. En Mamsyl vond: 'Als dat stomme bekvechten van jullie me de keel gaat uithangen, is de afstandsbediening voor mij en kijken jullie alleen maar naar programma's die ík ook wil zien.'

En dus deden de twee meisjes hun best om elkaar flink dwars te zitten zonder dat hun ouders er te veel last van hadden.

Maar vanavond niet. Dit keer mocht Claire van Manou de afstandsbediening hebben en zoveel clips kijken als ze wilde. Want zij ging met Renske bellen. En het was nog heel belangrijk ook, want dit was het laatste telefoontje voor de logeerpartij van aanstaand weekend.

Het nummer kende Manou al jaren uit haar hoofd. Alleen moest ze er tegenwoordig nog een paar cijfers vóór intoetsen, omdat Renske en zij niet meer in dezelfde plaats woonden. Haar vingers vlogen over de toetsen.

'Met Barbara den Ouden,' klonk het aan de andere kant van de lijn.

'Hallo, met Manou. Is Renske er ook?'

109

'O, hai Manou. Ik zal Renske even voor je roepen.'
Ongeduldig wachtte Manou tot haar vriendin aan de telefoon
kwam.
'Met Renkse.'
'Ha Rens, met mij.'
'Hé Manou, hoe is-ie?'
'Wel lekker. School valt een beetje tegen, maar verder gaat het
best. En bij jou?'
'Gewoon. Goed. Je weet wel.'
Manou wist het maar al te goed. Renske vond het heel erg dat
Manou verhuisd was. Ze had nog niet echt een andere vrien-
din. Al die jaren was dat niet nodig geweest, omdat Manou en
zij altijd samen optrokken. Dus nu zaten de andere meisjes uit
haar klas niet echt op Renske te wachten.

'Heb je een beetje zin in dit weekend?' vroeg Manou.

'Zo hé, wat dacht jij dan? Ik ben benieuwd naar je kamer, joh!'

Dat was waar ook. Renske was direct na de verhuizing wel even langsgekomen met haar ouders, maar toen was de kamer van Manou nog lang niet op orde.

'Je zult wel opkijken. Alle muren hangen vol met posters.'

'Britney zeker?'

'Ook. Maar ook Justin en andere lekkere dingen.'

Dat had ze van Claire. Die keek wel eens met haar vader naar een voetbalwedstrijd van Ajax op televisie, alleen maar omdat ze Rafael van der Vaart en Wesley Sneijder zulke 'lekkere dingen' vond. En Claire had haar hele kamer volgehangen met posters van allemaal lekkere dingen. Ze had zelfs al haar posters van Britney Spears, Christina Aguilera en Beyoncé aan Manou gegeven. Knettergek, vond Manou.

'O.' Renske klonk onzeker. 'Dat heb ik allemaal niet, hoor. Bij mij hangen er alleen posters van zangeressen.'

Manou zei maar niet dat zij die posters ook veel belangrijker vond dan die van de lekkere dingen. Stel je voor dat Claire het zou horen! Dan vond die vast weer dat zij een kleuter was. Daarom ging ze maar over op een ander onderwerp.

'Je gaat toch wel mee met Stef en mij naar de manege zaterdag?'

'Ja, natuurlijk. Ik wil het allemaal zien, hoor, in dat dorp van jou. De manege, die Stef en ook die gekke hond van haar, hoe heet hij ook weer?'

'Hendrik-Jan van Dalen,' zei Manou lachend. 'En de kat heet Poef.'

Bij Stef thuis hadden ze een witte poolhond, die altijd achter het huis op de binnenplaats lag en die Hendrik-Jan van Dalen heette. Met zijn dikke vacht zou het binnen veel te warm zijn voor het dier. Het rare was dat hij niet in de tuin plaste en poepte, maar alles ophield totdat Stef of een van haar familieleden met hem ging wandelen. Dan ging zijn hondenriem ook mee, al wilde hij die niet om zijn nek. Hij liep altijd hetzelfde rondje, vlak voor de persoon met de riem uit, en plaste en poepte steeds op dezelfde plekken.

Nog vreemder was dat Stefs dikke kat Poef, die altijd opgerold lag te slapen en zijn naam alle eer aandeed, iedere keer meeging als Hendrik-Jan van Dalen werd uitgelaten. Hij liep dan een eindje achter hen aan en maakte soms even een ommetje als ze een andere hond tegenkwamen.

Manou had Renske alles verteld over Hendrik-Jan van Dalen en Poef en de rare optocht die ze een paar keer per dag vormden. Daar had Renske hard om moeten lachen. Eerst wilde ze het niet geloven, maar nu vond ze het prachtig.

'Ik wil ze echt zelf zien, hoor!' zei Renske dringend. 'En als je het allemaal verzonnen hebt, dan doe ik je wat.'

Ze lachten allebei.

'En je moet op de manege ook Kuyt zien,' vertelde Manou. 'Dat is een Fries, een heel mooi zwart paard. En nog erg jong. Maar hij is van de week gevallen. En toen hebben Stef en ik geholpen. Spannend, joh!'

'Kuyt?' vroeg Renske. 'Wat een rare naam voor een paard.'

'Ja, net als Dirk Kuyt, weet je wel?' zei Manou ongeduldig. 'Ik had je toch verteld dat meneer Van der Meulen alle paarden de namen van voetballers heeft gegeven?'

'Ach ja, dat was ik vergeten. Je vertelt ook zoveel.'

Het was even stil. Renske had gelijk. Tijdens hun telefoongesprekken was het vrijwel altijd Manou die verhalen vertelde. Zij maakte nu eenmaal heel andere dingen mee dan in de stad. Daar kon Renske alleen nieuwtjes over Manous voormalige klasgenoten en Renskes familieleden tegenoverstellen.

Manou doorbrak de stilte. 'Maar nu ga je het allemaal zelf zien. Moet mijn vader je komen halen?'

'Nee nee, mijn moeder brengt me, heeft ze beloofd.'
'Weet je al hoe laat?'
'Tja, morgenmiddag dus. Na school ga ik direct naar huis om mijn koffer verder in te pakken en dan komen we naar jullie.'
'Hoe laat zijn jullie er dan? Half vijf?' drong Manou aan.
'Zoiets ja. Al kunnen we misschien last hebben van files, zegt mijn moeder.'
Manou grinnikte. 'Welnee, joh. Bij ons in het dorp hebben we helemaal geen files.'
'Ja, maar bij ons in de stad wel,' wierp Renske tegen. 'En we moeten eerst een aardig eindje rijden voordat we bij jullie dorp zijn, weet je nog wel?'

Dat wist Manou zeker nog. Een langer eindje dan haar lief was. Want nu woonde ze wel erg ver van haar vriendin vandaan. Maar gelukkig kwam Renske morgen.

Het telefoongesprek was veel sneller afgelopen dan Manou eigenlijk wilde. Maar ja, ze moesten elkaar de volgende dag ook nog wat te vertellen hebben.

# Dat is lang geleden!

De hele volgende dag op school was Manou vreselijk opge-
wonden. Wat konden haar al die lessen schelen? Ze wilde
naar huis. Want Renske kwam!
De uren gingen tergend traag voorbij. En dan was de vrijdag
ook nog eens haar vaste overblijfdag. Dat betekende dat ze
tussendoor niet eens even naar huis kon. De hele dag op
school, wat een ellende!
Ze keek tussen haar wimpers door naar meester Johan, die
een heel verhaal stond te houden waar ze niet naar luisterde.
Het enige moment dat ze die dag echt haar best deed, was tijdens de overhoring van topo. Dat had ze immers niet voor
niets geleerd.
Het duurde een eeuwigheid voordat eindelijk de bel ging. Het
was weekend! Nog nooit was ze zo snel naar buiten gerend.
Stef haalde haar pas op het schoolplein in, vlak bij het hek.
'Tjonge, wat heb jij een haast, zeg!' pufte Stef.
'Ja, wat dacht je?' zei Manou blij. 'Renske komt zo!'
Alsof Stef dat had kunnen vergeten. Manou had het er al de
hele week over gehad dat haar grote vriendin uit de stad
kwam logeren.
Al die tijd had Stef, tot Manous grote opluchting, geen grein-
tje jaloersheid getoond. Blijkbaar had ze er geen moeite mee
dat Manou voordat ze haar kende jarenlang een echte hartsvriendin had gehad. En nog altijd had!
'Zal ik straks ook naar jou toe komen?' vroeg Stef op weg naar
huis.

Manou aarzelde even. Eigenlijk wilde ze Renske voor zichzelf houden. Maar ze had haar beide vriendinnen inmiddels zoveel over elkaar verteld dat ze hen nu natuurlijk wel aan elkaar moest voorstellen.

'Ja, eh... goed,' antwoordde ze. 'Renske komt om een uur of half vijf.'

'Dan kom ik iets later,' besliste Stef. 'Dan kunnen jullie elkaar eerst even rustig begroeten.'

Manou keek haar dankbaar aan. Stef was eigenlijk wel een erg goede vriendin, die niet altijd meteen aan zichzelf dacht. Zou zijzelf ook aan zoiets gedacht hebben in Stefs geval? Daar dacht ze liever niet te lang over na.

Op de hoek bij de drogist namen ze afscheid. Het laatste stuk huppelde Manou naar huis.

'Heb je al thee gezet?' riep ze zodra ze de keuken binnenrende.

'Ook goedemiddag!' zei haar moeder bestraffend. 'Leuk dat je er weer bent.'

'Ja, tuurlijk.' Manou maakte een verontschuldigend gebaar. 'Sorry, hoor, maar ik wil graag dat alles perfect is als Renske komt.'

'Dat begrijp ik echt wel,' suste haar moeder. 'En ik zorg natuurlijk dat er thee is als Barbara en Renske hier straks zijn.'

O ja, Barbara. In de stad waren de moeders van Renske en Manou nogal bevriend geweest. Dat was Manou bijna vergeten.

Samen met haar moeder had ze haar kamer al in orde gebracht. Er lag een matras met een slaapzak op de grond voor Renske en een handdoek met een washandje op een stoel. Manou had het eten voor vanavond mogen uitkiezen en had voor schnitzel met patat gekozen, omdat ze wist dat Renske daar zo gek op was.

Waar bleven ze nou? Waarom duurde het zo lang voordat het

half vijf was? Liep die klok wel goed? Tientallen keren keek Manou uit het raam aan de voorkant om te zien of de vertrouwde auto van Renskes moeder eraan kwam.

Toen Manou de moed al bijna had opgegeven, kwam het groene busje van Renskes moeder voorrijden. Manou slaakte een kreet van blijdschap en stormde naar de deur. Toen ze die open had gerukt, stond Renske al naast de auto. De twee meisjes renden naar elkaar toe en sloegen de armen om elkaar heen.

Intussen was Mamsyl in de deuropening verschenen. Ze lachte vriendelijk naar de moeder van Renske, die een koffer van de achterbank haalde en de auto afsloot. Op het tuinpad liepen de twee vrouwen naar elkaar toe en gaven elkaar een hand.

'Ha Sylvia.'

'Ha Barbara. Dat is een tijd geleden!'

'Veel te lang!' riepen hun dochters tegelijkertijd.

Lachend gingen ze alle vier naar binnen.

# Ben jij nou Stef?

Druk pratend gingen de twee vrouwen en de twee meisjes in de woonkamer zitten. Mamsyl schonk thee en limonade in, Manou ging rond met het schaaltje koeken dat ze tevoren al hadden klaargezet.

Er viel zoveel te vertellen! Sinds de verhuizing was er zowel in de stad als in het dorp van alles gebeurd waar ze elkaar hoognodig over moesten bijpraten. Ze konden nauwelijks wachten tot de ander was uitgepraat om dan snel weer zelf het woord te nemen.

'Allemachtig, het lijkt hier wel een parkietenkooi,' riep Claire toen ze binnenkwam. Ze gooide haar schooltas in een hoek en deed haar handen tegen haar oren. Maar toen verscheen er een brede glimlach op haar gezicht en liep ze met uitgestoken hand naar de twee gasten toe. 'Ha Renske. Dag mevrouw Den Ouden. Leuk jullie weer eens te zien!'

Dat viel Manou niks tegen. Even was ze bang geweest dat Claire vervelend zou gaan doen door Renske en haar als kleine kinderen te behandelen. Maar ze kon eigenlijk ook best aardig zijn. Als beloning hield ze haar grote zus het schaaltje koeken voor, waar Claire er natuurlijk direct een van nam.

Met zijn vijven zaten ze zo druk door elkaar te praten dat niemand in de gaten had dat er in de keuken 'Volk!' werd geroepen. En dus keken ze allemaal verbaasd op toen Stef ineens midden in de kamer stond.

Stef glimlachte verlegen en mompelde een groet.

Voordat Manou iets kon zeggen, stond Renske op en liep naar de nieuwe gast toe. 'Hallo, ben jij nou Stef?'

'Yep,' zei Stef automatisch. Ze keek het andere meisje recht in de ogen. 'En dan ben jij waarschijnlijk Renske.'

'Yep,' antwoordde Renske en ze schoot meteen in de lach. 'Zeggen ze dat hier allemaal in het dorp, yep?'

Stef lachte mee. 'Nee, alleen ik. En ik zeg het altijd omdat ik dacht dat mensen in de stad altijd yep zeggen. Dan voelen jullie je hier wat meer thuis.'

Verbaasd zag Manou hoe haar twee vriendinnen binnen een minuut na hun kennismaking de grootste lol met elkaar hadden. Dat had ze niet durven dromen.

Ze keek glimlachend naar de twee meisjes die ze het belangrijkst vond in de hele wereld. Renske met haar grappige gezicht, haar blonde haar en die sprekende bruine ogen. En dan die kordate Stef met haar korte haren en die grijns die haar zo goed stond. Pas nu zag Manou dat ze alle drie vrijwel even

lang waren. En dus een kop kleiner dan Claire. Hmm, dat zou hun wel weer de nodige kleinerende opmerkingen gaan opleveren, dacht ze. Want zo'n kans liet Claire natuurlijk nooit schieten.

'Zeg slome, kom jij er ook nog eens bij, of hoe zit dat?' riep Renske.

'Anders gaan Renske en ik wel alleen weg, hoor,' voegde Stef daar lachend aan toe.

Bijna geschrokken stond Manou op. Je kunt ook niet even in gedachten zijn of iedereen begint tegen je samen te spannen.

'Waar willen jullie dan heen?' vroeg ze verbaasd, terwijl Stef de moeder van Renske een hand gaf.

'Naar het huis van Stef, natuurlijk,' zei Renske op een toon alsof dat volkomen vanzelf sprak.

Vragend keek Manou van de een naar de ander.

'Heb je dat dan net niet gehoord?' vroeg Stef met opgetrokken wenkbrauwen. 'Renske wil Hendrik-Jan van Dalen en Poef zien.'

'Wie zijn dat dan?' vroeg Renskes moeder.

'Dat vertel ik je zo wel, als zij weg zijn,' zei Mamsyl. 'Zeg Manou, zijn jullie wel op tijd terug voor het eten?'

'Ja, hoor,' beloofde Manou. 'En mag Stef ook mee-eten?'

'Van mij wel,' antwoordde Mamsyl. 'Als Stefs moeder het ook goedvindt.'

De drie meisjes stonden al bij de deur.

'Renske, zie ik jou nog?' riep Renskes moeder.

'Ik weet het niet.' Renske trok een grappig gezicht. 'Misschien straks en anders zondag. Aju!'

En meteen was ze de deur uit. Ook Manou en Stef groetten en gingen haar gauw achterna.

Die middag was de stoet achter Hendrik-Jan van Dalen langer dan anders. En toch vertikte de witte poolhond het om zijn rondje ook maar een stap langer te laten zijn.

# Niet gek voor een bejaarde

'Het wordt hier knap druk aan tafel!' vond Patom toen hij die avond om zich heen keek.

Naast hemzelf, Mamsyl en Claire zaten er drie druk pratende meisjes van negen te eten. Ze hadden zoveel te bespreken dat de andere drie nauwelijks aan het woord kwamen.

'Het lijkt wel een kleuterklas,' mopperde Claire.

'Niet zo onaardig doen, Claire,' vermaande Mamsyl. 'Zulke dingen zeggen je vader en ik ook niet tegen jou als jij een paar vriendinnen over de vloer hebt.'

'Maar het zijn toch kleuters!' protesteerde Claire. 'Moet je ze nou eens zien!' Ze gebaarde verontwaardigd naar Renske, Manou en Stef, die aan één stuk door aan het giebelen waren.

'Omdat jij nu toevallig een paar jaar ouder bent, hoef je ze nog geen kleuters te noemen,' hield Mamsyl vol. 'Wat zouden je vader en ik dan wel niet van jou moeten zeggen? Want wij zijn wel meer dan een paar jaar ouder dan jij.'

'Jullie zijn niet een paar jaar ouder, jullie zijn bejaard,' kaatste Claire terug.

'Zeg jongedame,' deed haar vader quasi-boos, 'zal ik jou als bejaarde man dan zo maar eens de kieteldood geven?'

Claire slaakte een gilletje, waardoor de drie meisjes verbaasd naar haar opkeken. 'Nee, niet doen! Daar kan ik niet tegen!'

'Mooi,' bromde haar vader tevreden naar Mamsyl. 'Dat werkt dus nog altijd. Niet gek voor een bejaarde!'

Ze lachten allebei, waardoor de drie meisjes nu verbaasd in hun richting keken.

'Nee, kwebbel maar gewoon door,' zei Mamsyl met een hand-gebaar, 'we hadden het niet over jullie.'

Meteen werd het gesprek met veel gegiechel hervat.

Nadat Patom en Mamsyl de borden en de pannen van tafel hadden gehaald, vroeg Mamsyl: 'Nu wil ik wel eens horen of jullie eigenlijk weten wat jullie zojuist hebben gegeten. Jullie hadden het zo druk met praten dat je dat volgens mij niet eens gemerkt hebt.'

Dat was weer reden voor een gezamenlijke lachbui aan de overkant van de tafel. Maar met elkaar kwamen ze er wel uit wat ze naar binnen hadden gewerkt. Schnitzel met patat, doperwten, appelmoes en jus.

Manou keek haar moeder triomfantelijk aan.

'Dat is heus niet knap van je, hoor,' zei die spottend. 'Ik zou het niet best gevonden hebben als je dat niet eens had ge-weten.'

'Nee, maar ik had er niet vreemd van opgekeken,' voegde Patom daar grijnzend aan toe.

Toen de toetjes in een recordtempo waren verslonden, kreeg Claire opnieuw een hele avond de afstandsbediening voor zich alleen. De drie vriendinnen haastten zich namelijk naar boven, omdat er nog veel meer te bepraten viel.

Uit de kamer van Manou klonk nog altijd gelach en geklets toen Patom om negen uur kwam zeggen dat het voor Stef de hoogste tijd was om naar huis te gaan. Hij zou haar wel even brengen.

Renske en Stef omhelsden elkaar alsof ze oude vriendinnen waren. En ook Manou sloeg haar armen om Stef heen, wat ze anders nooit deed.

'Zie ik jullie morgen op de manege?' vroeg Stef vanuit de deuropening.

'Tuurlijk!' riep Manou vrolijk terug. 'Dat zouden we niet wil-len missen, hè Renske?'

'Ik niet,' bevestigde Renske. 'Ik wil die manege van jullie nu ook wel eens zien.'

'Dan kom ik jullie morgenochtend ophalen,' beloofde Stef.

'Leuke meid,' zei Renske waarderend toen Stef vertrokken was.

Manou haalde haar schouders op en zei met een gezicht dat ze maar moeilijk in de plooi kon houden: 'Och, dat valt wel mee. Het kon erger.'

Het volgende moment gooide Renske haar een kussen naar het hoofd.

Gierend van het lachen begonnen ze een kussengevecht. Daar hielden ze pas mee op toen Claire kwam vragen of het misschien wat zachter kon, omdat ze zichzelf niet eens kon verstaan met al die herrie.

Ook toen 's avonds het licht op Manous kamer allang uit was, hielden de twee vriendinnen nog niet op met praten. Ze hadden elkaar veel te lang niet gezien, daar waren ze het hartgrondig over eens.

'We moeten veel vaker bij elkaar gaan logeren,' vond Manou.

'Och,' antwoordde Renske droog. 'Dat weet ik nog zo net niet. Daar moet ik het eerst eens met mijn goede vriendin Stef over hebben.'

Meteen kreeg ze een klap met een kussen op haar gezicht.

Even later stak Claire woedend haar hoofd om de hoek van de deur. 'Kunnen jullie nou eindelijk eens een beetje stil zijn? Ik kan mezelf niet eens horen als ik droom.'

Giechelend trokken de twee meisjes het dekbed en de slaapzak over hun hoofden heen. Ze waren nog lang niet van plan om te gaan slapen.

# Welke rare namen?

De volgende ochtend hadden Manou en Renske er toch wel moeite mee om wakker te worden. Mamsyl moest een paar keer roepen voordat ze een beetje bij bewustzijn kwamen. Ineens hadden ze veel minder praatjes.

Na het douchen kleedden ze zich stilletjes aan, om vervolgens met duffe gezichten aan de ontbijttafel te gaan zitten.

'Zo dames, gaat het een beetje?' vroeg Patom opgewekt, terwijl hij thee inschonk. 'Of gaan jullie vanavond toch maar wat vroeger slapen?'

Op zulke stomme vragen gaf Manou niet eens antwoord. Het sprak toch vanzelf dat je iets later in slaap viel dan anders, als je met je beste vriendin aan het praten was? Zeker als je die vriendin zo'n tijd niet had gezien! Ze was maar wat blij dat Claire nog niet op was.

Zwijgend smeerden de twee meisjes hun boterhammen. Een om direct op te eten en een zakje vol om mee te nemen. Ze stopten ook een paar pakjes appelsap in de tas, plus natuurlijk wat wortels en groenvoer voor de paarden en pony's. Zij waren immers niet de enigen die moesten eten.

Ze waren nog lang niet klaar toen Stef de achterdeur opendeed, 'Volk!' riep en meteen de keuken binnenstapte.

'Hallo allemaal,' riep ze jolig. 'Lekker geslapen?'

Renske en Manou keken elkaar wat zuur aan. Stef had al net zo'n onuitstaanbaar goed humeur als Patom. Dat beloofde wat vanochtend.

Stef ging gewoon verder waar ze de vorige avond gebleven

was. Ze praatte honderduit over de klas, de manege, haar hond en kat, en wat ze sinds gisteravond allemaal had gedaan. Het leek haar niet eens op te vallen dat Manou en Renske wel erg weinig terugzeiden.

'Wil je nog wat eten, Stefanie?' vroeg Mamsyl.

127

Stef schudde haar hoofd. 'Nee, dank u wel. Ik heb al ontbeten. En ik heb genoeg bij me voor op de manege.' Ze klopte op haar grote rugzak, waar haar rijzweep uitstak en haar cap bovenop zat vastgegespt.

Verwachtingsvol keek Stef naar haar beide vriendinnen. 'Zullen we dan maar gaan?' stelde ze voor.

De twee anderen waren nog helemaal niet zover, maar stonden toch op. Ze deden het brood en de andere spullen in Manous tas en gingen hun jassen pakken.

Toen ze terugkwamen, stond Stef al bij de achterdeur. 'Kom op,' moedigde ze hen aan.

Een beetje sloom sjokten de twee achter haar aan. Bij de deur beantwoordden ze zonder veel enthousiasme het 'Veel plezier' en 'Tot straks' van Manous ouders.

Maar eenmaal buiten in de frisse ochtendlucht werden ze snel helemaal wakker. Manou begon er warempel weer zin in te krijgen. Het was net alsof de enorme dufheid van die ochtend langzaam van haar af gleed.

Nog voor ze de buitenwijk uit waren, raakten de meisjes alweer druk in gesprek. Ze konden het er niet over eens worden wie er nu eigenlijk beter kon zingen, Britney of Christina. En of de laatste Idols-serie wel of niet beter was dan de vorige.

Voordat ze er erg in hadden, waren ze al bij de oprijlaan van de boerderij aangekomen. *'Manege De Paardenstaart,'* las Renske hardop. Ze lachte. 'Wat een rare naam! Ik wist helemaal niet dat jullie manege zo heette!'

'O, had Manou dat niet verteld?' vroeg Stef verbaasd.

Manou fronste haar wenkbrauwen. Ze kon zich inderdaad niet herinneren dat ze Renske ooit de naam van de manege had verteld.

'Het is wel leuk bedacht,' vond Manou. 'Omdat paardenstaart twee verschillende dingen kan betekenen, bedoel ik.'

128

Stef knikte. 'En de eigenares van de manege, Francine, die de dochter is van de boer, heeft zelf ook een paardenstaart. Volgens Manou heeft meneer Van der Meulen daarom die naam bedacht.'

'Dat zou toch best kunnen?' zei Manou, iets feller dan haar bedoeling was. 'Hij heeft toch ook al die rare namen voor de paarden en pony's bedacht?'

'Welke rare namen?' wilde Renske weten.

'Dat heb ik je wel verteld,' wist Manou zeker. 'Jij moest er nog zo om lachen dat hij bijna alle paarden de achternamen van voetballers heeft gegeven.'

Het was aan Renskes gezicht te zien dat ze zich daar vaag iets van herinnerde.

'Er zijn hier pony's die Gullit of Van Nistelrooij heten,' hielp Stef haar. 'En die twee Friezen waar we je over vertelden, heten Kezman en Kuyt.'

Renske maakte een ongeduldig gebaar. 'Oké, dat begrijp ik. Dat zijn gewoon namen van voetballers. Maar wat zijn nu die rare namen waar je het over had?'

Stef en Manou keken elkaar sprakeloos aan.

# Je bent een stadsmeisje of niet

Op dat moment zagen ze dat Francine twee pony's uit de grote ponystal naar buiten leidde en aan het hek vastzette.

'Kom, we gaan de pony's borstelen en opzadelen!' riep Stef en ze begon meteen te rennen.

'We?' vroeg Renske aan Manou. 'Moet ik meehelpen dan?'

Manou lachte. 'Tuurlijk. Je dacht toch niet dat je mocht toekijken terwijl wij al het werk doen?'

En dus stond Renske even later onwennig met een rosborstel in haar handen.

'Kijk, je maakt grote cirkels op de flank van de pony,' vertelde Manou, net zoals Stef het haar een paar weken tevoren geleerd had, 'zodat je het vuil goed losmaakt. Dan kunnen we dat zo verder afborstelen met een fijne borstel.'

Net zo onhandig als Manou dat zelf in het begin had gedaan, begon Renske de pony te borstelen.

'Goed zo!' riep Stef lachend. 'Je bent al bijna beter dan Manou.'

'Hé, wat krijgen we nou?' reageerde Manou verontwaardigd. Maar ze moest wel meelachen toen ze haar beide vriendinnen zag proesten van de pret.

'Doen jullie nog wat nuttigs of staan jullie hier alleen maar een beetje te geiten?' vroeg een spottende stem achter hen.

Alle drie tegelijk draaiden ze zich om. Daar stond Angela, met een afkeurend lachje om haar mond.

Manou wilde al boos uitvallen, maar Renske was haar voor. Ze bekeek de nieuwkomer met een ijzige blik en vroeg snijdend: 'Zeg, ben jij soms chagrijnig geboren of heb je alleen vandaag zo'n rotkop?'

Angela hapte naar adem, terwijl Stef en Manou verbijsterd naar Renske keken. Die was echter nog niet klaar. 'Als jij nou eens fijn zelf een pony zoekt om te borstelen,' voegde ze haar toe, 'dan hoef je ons niet van het werk te komen houden.' Vervolgens draaide ze zich om en ging weer verder met haar rosborstel.

Toen Manou en Stef even later naast haar kwamen staan, vroeg Renske, zonder te kijken: 'En, staat ze er nog?'

'Nee,' antwoordde Manou. 'Ze is naar binnen gegaan. Waarschijnlijk om een pony of een zadel te halen.'

'Jij durft, zeg!' zei Stef bewonderend. 'Die meid doet altijd zo vervelend tegen ons, maar jij zet haar zomaar op haar plaats.'

'Hé, ik heb haar laatst toch ook de waarheid gezegd op het schoolplein?' protesteerde Manou.

Maar Stef wuifde die opmerking weg. 'Dat was heel iets anders. Renske had Angela nog nooit gezien. En toch bekt ze haar zomaar af.'

'Och.' Renske grijnsde terwijl ze haar schouders ophaalde, bijna verontschuldigend. 'Je bent een stadsmeisje of niet.'

Manou wist niet wat ze daarop moest zeggen, terwijl ze zag dat Stef meteen weer in de lach schoot. Zijzelf was toch tot een paar maanden geleden ook een stadsmeisje geweest? En zij was toch ook uitgevallen tegen Angela? Het leek wel of Stef alles wat Renske deed en zei leuker en belangrijker vond dan wat zij, Manou, zei en deed. Of begon ze nu jaloers te worden? Ze keek naar haar beide vriendinnen, die het overduidelijk zeer goed met elkaar konden vinden. Misschien moest ze vooral niet te moeilijk doen en gewoon blij zijn dat die twee niet op het eerste gezicht een hekel aan elkaar hadden. Want dan was het pas echt goed mis geweest. Wat had ze in dat geval moeten doen?

Op die vraag hoefde ze gelukkig geen antwoord te bedenken, want Francine kwam de ponystal uit lopen met een zadel en wat hoofdstellen in haar handen.

'Fijn dat jullie al bezig zijn,' zei ze vriendelijk. 'Maar we moeten wel een beetje doorwerken, anders zijn we niet op tijd klaar voor de les.'

Het drietal begreep het seintje. Er moest nu even minder gepraat en harder gewerkt worden. En dus begonnen ze te borstelen alsof hun leven ervan afhing. Alle drie.

# Moet je opletten

Nog geen kwartier later waren alle pony's voor de les geborsteld en opgezadeld. Ook Angela en haar vriendinnen hadden hun werk zonder mopperen gedaan. Maar Angela had Renske niet meer aangekeken.

Nu gingen ze in een lange rij naast hun pony's naar de binnenbak voor de les. Renske en Manou liepen met Stef mee. Terwijl Stef en de anderen met hun pony's het zand van de binnenbak in stapten, bleven Manou en Renske achter het schouderhoge muurtje bij het rolhek staan. Daar konden ze de les mooi volgen, leunend over de muur.

Manou zag tevreden dat Renske haar ogen uitkeek. Zo had zijzelf ook gestaan een paar weken geleden. Raar dat je als stadskind zo weinig af weet van hoe het toegaat op een boerderij of een manege. Het was net of kinderen in een dorp heel andere dingen leerden dan zij in de stad.

De meisjes en jongens in de bak waren hun pony's verder rijklaar aan het maken.

'Kijk, nu singelt Stef haar pony aan.' Manou wees ernaar. 'Dan trekt ze de buikriem aan, om te zorgen dat het zadel goed strak blijft zitten. Anders gaat het misschien schuiven als ze erop zit. En dat is gevaarlijk.'

Renske knikte. Ze was zichtbaar onder de indruk van wat Stef kon en Manou wist.

'En nu hangt ze haar beugels op maat,' vertelde Manou. 'Dan zitten ze straks precies hoog genoeg voor haar voeten.'

Samen keken ze toe hoe Stef en de anderen opstegen en rondjes begonnen te rijden. Francine kwam de binnenbak binnen en ging in het midden staan. Ze keek rond en schudde haar paardenstaart naar achteren.

'Oké, nu allemaal aandraven,' zei Manou zacht.

En inderdaad, even later riep Francine precies hetzelfde.

'Hoe wist jij dat?' vroeg Renske verbaasd.

Manou grinnikte. 'Dat zegt ze altijd. Daarmee beginnen ze de les.'

De pony's waren nu harder gaan lopen, waarbij de ruiters steeds gingen zitten en staan, op-neer, op-neer, op-neer.

'Dat lijkt me vermoeiend,' zei Renske. 'De hele tijd zo op en neer wippen.'

'Dat heet licht rijden,' wist Manou. 'Dan gaan ze in de draf mee met de beweging van de pony. Voor zo'n dier voelt dat dan licht aan.'

'Kunnen ze ook zwaar rijden?' vroeg Renske.

Manou trok een grimas. 'Ja, maar dat heet doorzitten. Dat doen ze vast zo.'

En inderdaad gaf Francine na een tijdje het commando: 'Nu allemaal doorzitten.'

'Moet je opletten,' fluisterde Manou. 'Zo meteen gaan ze ontzettend hard. Dat heet galopperen.'

Daar had Renske wel eens van gehoord. Ze leunde nieuwsgierig over het muurtje.

Na een paar rondjes doorzitten riep Francine: 'Oké, nu allemaal in een hoek aanspringen in galop. Geef elkaar de ruimte, hè!'

De een na de ander liet een pony in galop aanspringen. De pony's hadden er echt zin in. Alsof ze deelnamen aan een wedstrijd kwamen ze langs het muurtje van Renske en Manou rennen. Twee, drie rondjes lang.

'Zo hé, wat gaat dat hard!' riep Renske enthousiast.

Manou was blij om te zien dat haar vriendin het zo mooi

vond. Het was alsof de manege ook een beetje van haar was,
zodat ze die nu trots kon laten zien.

Toen gaf Francine weer een sein: 'Mooi zo, nu allemaal terug
naar draf.'

In het daaropvolgende kwartier liet Francine de groep allerlei
figuren rijden. Dat vond Manou jammer, want het was heel
wat minder spectaculair om te zien dan de grote galopspron-
gen van zojuist.

Dat vond Renske kennelijk ook, want die begon al om zich
heen te kijken. 'Zullen we even in de kantine gaan zitten?'
stelde ze voor.

Maar dat wilde Manou niet. 'Nee, joh, ik wil kijken. En misschien mag ik straks wel weer uitstappen, als Stef klaar is met
de les.'

Ze kon aan Renskes gezicht zien dat ze niet meer wist wat uitstappen was. En daar had Manou haar per telefoon nog wel
zoveel over verteld!

# Dit is nou uitstappen

De les liep langzaam ten einde. Nog één keer kwamen de pony's met veel geweld en vaart langsdaveren, in volle galop.
'Dat zou ik nooit durven,' zei Renske vol ontzag.
Manou dacht er net zo over, maar dat zei ze niet. Ze wilde liever dat Renske het idee had dat zij zich al helemaal thuis voelde op de manege.
Eindelijk riep Francine: 'Oké, jongens, goed gedaan. Wat mij betreft kunnen jullie gaan uitstappen!'
Meteen rende Manou naar het hek, wurmde zich erlangs en ging de bak in. Ze holde tussen de in stap rondlopende pony's door tot ze bij Stef was aangekomen. Die reed ook dit keer op Davids.
'Wil jij weer uitstappen?' vroeg Stef.
'Tuurlijk!' riep Manou blij. 'Wat dacht jij dan?'
Stef bracht Davids tot stilstand en liet zich aan de zijkant van de pony af glijden. Toen deed ze haar cap af en gaf die aan haar vriendin, die hem meteen opzette en vastgespte.
Manou zette haar linkervoet in de stijgbeugel, hupte een paar keer en trok zich toen aan het zadel omhoog. Met een brede zwaai sloeg ze haar rechterbeen over de rug van de pony. De eerste paar keren had ze daar behoorlijk moeite mee gehad, maar inmiddels kon ze het al aardig.
Ze deed ook haar rechtervoet in de beugel en pakte de teugels beet. Vervolgens keek ze triomfantelijk naar Renske en riep: 'Kijk Rens, dit is nou uitstappen!'
Apetrots reed ze in stap op Davids. Gelukkig hield Stef de

pony de hele tijd vast, want anders had Manou het niet ge-
durfd. Stel je voor dat zo'n beest er ineens met je vandoor
ging! Dan zou ze niet weten wat ze moest doen.

Ze waren nog maar net op weg, toen ze tot hun stomme verbazing Angela op Van Nistelrooij naar Renske zagen rijden.

'Wil jij soms ook uitstappen?' vroeg Angela, zonder Renske
recht aan te kijken.

Onzeker keek Renske naar haar twee vriendinnen.

Manou slikte even en riep toen: 'Doe maar, Rens! Angela
houdt je pony wel vast. Toch, Angela?'

Het meisje met de vlechten wierp een strakke blik op haar,
maar zei niets. Toen draaide ze zich om naar Renske en vroeg:
'Kom je nog?'

'Oké,' zei Renske. Ook zij ging langs het rolhek de bak in.

Stef en Manou zorgden dat ze een beetje bij Angela en Van
Nistelrooij in de buurt bleven, om op te letten wat er gebeurde.

Angela zette haar cap af en gaf die aan Renske. 'Die moet je
goed vastmaken,' zei ze. 'Zonder cap mag je niet rijden. Dat
is niet veilig.'

Renske deed wat haar gezegd werd en keek toen verwachtingsvol naar Angela.

Die wees op de linkerbeugel. 'Je linkervoet daarin en dan optrekken en opstappen. Ik hou de pony vast en geef je wel een
zetje.' Ze hield de beugel stil voor Renskes voet. 'Het kan zijn
dat de beugels iets te lang voor je zijn, want jij hebt kortere
benen dan ik. Maar die stel ik dan zo wel even bij.'

Terwijl Manou en Stef een beetje bezorgd toekeken, hielp Angela Renske zonder problemen op de pony.

'Nu moet je proberen je andere voet ook in de beugel te doen,'
wees Angela.

Daar had Renske de nodige moeite mee, maar met een beetje
hulp van Angela lukte het toch.

Angela's vriendinnen keken al net zo verbaasd toe als Stef en Manou.

'Moet ik de beugels wat inkorten?' vroeg Angela.

'Nee, laat maar. Het gaat zo ook wel,' antwoordde Renske, die fier rechtop op Van Nistelrooij zat, alsof ze al heel vaak had gereden. Terwijl Manou wist dat haar vriendin alleen ooit in het pretpark Slagharen op een pony had gezeten.

Net als Stef liep Angela naast haar pony mee.

Renske zwaaide enthousiast. 'Kijk mij eens! Ik rijd ook!'

Manou lachte naar haar. Ze vond het geweldig voor haar vriendin. Maar toch ook een beetje vervelend, omdat haar eigen uitstappen nu een stuk minder bijzonder was geworden. Toen Francine het sein gaf dat de pony's moesten worden af-gezadeld, liet Manou zich van de pony af glijden, net zoals Stef dat even tevoren had gedaan. Ze had gedacht dat ze Renske misschien moest helpen afstappen, maar dat deed Angela al.

Breed lachend gaf Renske de cap terug aan Angela. 'Hartstik-ke bedankt. Dat was geweldig!'

'Graag gedaan, hoor,' zei Angela. Ze hield haar hoofd een beetje scheef en voegde eraan toe: 'Al was het alleen maar om te laten zien dat ik niet chagrijnig geboren ben.'

Dat leverde haar een stralende glimlach van Renske op.

Manou wist niet wat ze zag. Hoe had haar vriendin dat voor elkaar gekregen?

## Ik wilde jullie bedanken

In een uitgelaten stemming liepen Renske en Manou met Stef mee om Davids naar zijn stal te brengen.

'Ik kan het gewoon niet geloven!' jubelde Renske. 'Ik heb op een echte pony gezeten!'

'Ja, dat viel me niet tegen van Angela,' bromde Stef. 'Dat had ik nooit verwacht.'

Manou wist niet goed wat ze moest zeggen. Ze had Renske van alles willen laten zien van háár manege, en nu was haar vriendin eigenlijk net zover als zijzelf. Dat zat haar niet lekker, al liet ze dat natuurlijk niet merken.

Stef verloste Davids van zijn hoofdstel, deed hem zijn halster om en zette hem vast aan het hek bij de ponystal. Ze haalde zijn zadel eraf en bracht dat naar binnen, samen met het hoofdstel.

'Dan gaan wij hem vast borstelen,' besliste Manou.

Allebei pakten ze een borstel uit de borstelbak en ze begonnen de pony te borstelen, elk aan een kant.

'Hij is helemaal nat,' zei Renske. 'Is dat altijd zo als ze gereden hebben?'

Ah, gelukkig, Renske zag haar nog steeds als een deskundige aan wie ze van alles kon vragen. 'Jazeker,' zei Manou. 'En dat is natuurlijk ook niet zo raar. Zo'n pony moet een uur lang lopen, draven en galopperen met zo'n zwaar zadel en een mens op zijn rug. Hoe zou jij je dan voelen?'

Renske keek vol ontzag naar het grote dier. 'Ze zijn wel beresterk, zeg, dat ze zoiets kunnen.'

'Paarden, en ook sommige grote pony's, kunnen wel honderdvijftig kilo dragen,' wist Manou. Dat had Stef haar pas nog verteld.

'Ongelofelijk,' stamelde Renske. 'Dat is meer dan jij, Stef en ik samen.'

Stef kwam fluitend de schuur uit. Daar liep ze bijna tegen Angela aan. De twee meisjes bleven even staan en keken elkaar niet onvriendelijk aan.

'Hoi Angela,' riep Renske en ze zwaaide naar haar.

Angela zei niets terug, maar lachte wel.

Hoofdschuddend kwam Stef naar haar twee vriendinnen toe. 'Ik heb wel eens mensen zien veranderen, maar dit!' Ze keek goedkeurend naar de pony. 'Ik zie dat jullie al bijna klaar zijn. Mooi zo, dan zetten we Davids meteen op stal. Kan hij nog wat eten, want straks moet hij weer een les lopen.'

Niemand had haar aan zien komen, maar ineens stond Francine naast hen. 'Stefanie en Manou, kan ik jullie zo even spreken?' vroeg ze en ze liep weer weg.

Geschrokken keek Manou haar na. Wat zou er aan de hand zijn? Hadden ze iets verkeerds gedaan? Misschien was het wel niet de bedoeling dat ze Renske zomaar hadden meegenomen naar de manege. Ja, dat zou het zijn. Ze hadden van tevoren vast even moeten overleggen of toestemming moeten vragen. O, wat stom! Je zou zien dat ze nu niet meer op de manege mocht komen. Net nu alles zo goed ging!

'Wat zou er aan de hand zijn?' vroeg ze bezorgd aan Stef.

Die haalde haar schouders op. 'Weet ik niet. Dat horen we zo wel. Nu moet eerst Davids op stal.'

Niet helemaal op haar gemak liep Manou achter Stef en de pony aan, met Renske vlak achter zich. Ze kon haast niet wachten tot Stef klaar was, zodat ze naar Francine toe konden. Dan hadden ze dat maar vast gehad. Manou wilde altijd graag weten waar ze aan toe was.

Nadat Stef ervoor gezorgd had dat de pony helemaal naar haar zin op zijn plek stond, keek ze met haar handen in haar zij rond. 'Oké, laten we dan nu maar even bij Francine langs-gaan,' zei ze tegen Manou.
Opgelucht liep Manou alvast naar de deur van de ponystal.

'Ga jij ook mee?' vroeg Stef aan Renske.

'Nee, ik blijf wel even hier om bij de pony's te kijken,' antwoordde Renske. 'Ik zie jullie zo wel.'

Met lood in haar schoenen liep Manou naast Stef het erf op. 'Weet jij waar Francine nu is?' vroeg ze.

'Ze zal wel in het kantoortje zitten,' zei Stef.

Het kantoortje was een klein hokje naast de bijkeuken, wist Manou. Ooit had daar een washok gezeten, had Stef haar pas nog verteld. Maar dat hadden ze verbouwd tot kantoortje. Daar stond de computer waarop Francine al haar administratie deed. En als ze het raam opendeed, diende dat als loket. Daar konden de kinderen hun leskaarten laten afstempelen en betalen.

Stef had gelijk. Francine zat in het kantoortje. Ze zette de deur open toen ze de twee meisjes aan zag komen lopen.

'Dat is mooi snel,' vond Francine. 'Ga zitten.' En ze wees op twee stoelen die tegenover haar bureau tegen de muur stonden.

Manou en Stef deden wat hun gezegd werd en keken de jonge vrouw met de blonde paardenstaart vol verwachting aan.

'Ik wilde jullie bedanken voor jullie hulp deze week,' begon Francine. 'Zonder jullie had het heel wat minder goed af kunnen lopen met Kuyt.'

'Hoe is het nu met hem?' wilde Stef weten.

Francine trok een bezorgd gezicht. 'Voorlopig zal hij nog wel pijn houden en het is de eerste tijd uitgesloten dat mijn vader hem voor wedstrijden kan gebruiken. Maar Tempelman zegt dat hij er wel weer bovenop komt.'

Stef floot tussen haar tanden. 'Dat is dan geluk hebben, zeg!'

'Niet alleen geluk,' verbeterde Francine, terwijl ze glimlachend naar de twee meisjes keek. 'Het is ook een kwestie van goed ingrijpen. En de juiste hulp op het juiste moment.'

Pas nu was Manou er gerust op dat ze niet op hun kop zouden krijgen. Francine gaf hun alleen een complimentje!

Maar dat was niet het enige, want de jonge vrouw vervolgde: 'Ik heb het er even met mijn vader over gehad en hij was het met me eens dat jullie wel een beloning verdiend hebben.'

Stomverbaasd keken de twee meisjes elkaar aan.

'Jij mag aan het eind van de middag met de grote stalhulpen een uurtje vrij rijden op een pony die je zelf uitkiest,' zei Francine tegen Stef. 'En jij,' vervolgde ze tegen Manou, 'mag een gratis lesje meerijden met de beginnersgroep, om twee uur vanmiddag.' Haastig voegde ze eraan toe: 'Het mag ook volgende week, als dat jullie beter uitkomt.'

# Een echte les!

Manou wist niet wat ze hoorde. Een echte les! Ze zou een echte les krijgen!

'O, dank je wel. Wat goed! Wat leuk!' riep ze enthousiast.

'Ik ben blij dat je het leuk vindt.' Francine lachte. 'Laat je nog even weten of je vanmiddag al meedoet?'

'Ja. Ja, natuurlijk.' Manou was helemaal van haar stuk. Ze vloog Stef, die Francine net aan het bedanken was, haast om haar nek. Toen schrok ze ineens. 'Maar ik heb helemaal geen cap. En geen rijlaarzen.'

'Die mag je wel van mij lenen,' beloofde Stef. 'We zullen wel ongeveer dezelfde maat hebben.'

'En denk je dat je ouders het goedvinden als je hier een les volgt?' vroeg Francine.

Dat was waar ook. Haar ouders! Daar had Manou helemaal nog niet aan gedacht. 'Ik weet het eigenlijk niet,' zei ze nadenkend. 'Misschien moet ik ze even bellen. Maar ze zullen het vast wel goedvinden, hoor.'

'Bel nou maar, dan weet je het zeker,' zei Francine, terwijl ze haar mobieltje aan Manou gaf.

Met onzekere vingers toetste Manou het nummer in en toen het groene knopje met het telefoontje erop.

'Tom de Wilde,' hoorde ze aan de andere kant van de lijn.

'Ha Patom, met mij.'

'Dag mij, hoe is het?'

'Doe niet zo flauw. Met Manou. Ik heb een vraag.'

'Nee, je krijgt geen geld van me. Of gaat het daar niet om?'

'Doe nou even serieu-heus!' zei Manou geërgerd. 'Dit is heel belangrijk.'

'Oké, wat is er aan de hand?' De stem van Patom klonk nu inderdaad een stuk serieuzer.

'Van Francine mag ik een gratis beginnersles rijden, omdat Stef en ik van de week zo goed hebben geholpen met dat gewonde paard.' Ze lachte breed naar Francine, die aandachtig meeluisterde, net als Stef. 'En het is vanmiddag al. Mag het?'

'Is dat op de manege?' vroeg haar vader.

'Ja, natuurlijk! Wat dacht je dan?'

'Maar daar ben je nu toch met Renske?'

Even was het stil. Toen zei Manou, een stuk minder enthousiast: 'O, maar die vindt het vast ook heel leuk. Kom op, Patom, het ís toch ook hartstikke leuk?'

'Ja, vast. Ik zal het even aan Mamsyl vragen, oké?'

'Nee, nee, dat is helemaal niet nodig. Zeg jij nou maar gewoon dat het goed is!' riep Manou haastig.

'Goed, jij je zin. Doe je best met je gratis les! Maar wel voorzichtig, hè!'

'Oké Patom. Bedankt.'

Dolblij drukte ze op het knopje met het rode telefoontje. Meteen werd de verbinding verbroken.

'Het is goed!' jubelde ze terwijl ze het mobieltje teruggaf aan Francine. 'Het mag!'

'Mooi zo,' vond Francine. 'Dan zet ik je op het rooster voor de les van twee uur. Is er nog een pony waar je graag op wilt rijden?'

'Davids natuurlijk,' antwoordde Manou, zonder daarover te hoeven nadenken.

'Prima,' zei Francine. Ze maakte een aantekening op het blok dat midden op haar bureau lag. 'Dat staat. En op wie wil jij straks vrij rijden, Stef?'

'Op Rosette graag.'

Ook dat noteerde Francine. Stef en Manou stonden tegelijkertijd op.
'Nou, tot straks dan maar weer, bij de les.' Francine keek
glimlachend hoe de twee meisjes de deur van het kantoortje
uit renden.
Buiten holden Manou en Stef in één ruk door naar de grote
ponystal. Dit moesten ze meteen aan Renske vertellen.

147

Het duurde even voordat ze hun vriendin gevonden hadden. Renske zat namelijk samen met Angela en een paar andere meisjes op de strobalen achter in de stal.

Even keken Stef en Manou geschrokken naar de metgezellen van Renske. Maar toen begonnen ze toch te vertellen, want het nieuws was te groot om vóór zich te houden.

'Ik mag straks gratis meedoen met een beginnersles!' riep Manou blij.

'En ik mag aan het eind van de dag vrij rijden, samen met de grote stalhulpen,' vertelde Stef al net zo vrolijk.

Voordat Renske kon reageren, vroeg Angela verbaasd: 'Waarom dat dan?'

'Omdat we van de week zo goed geholpen hebben toen Kuyt in een molshoop was gestapt,' vertelde Stef trots.

'O, dus dát was er gebeurd.' Ineens werd het Angela duidelijk. 'Dat is leuk voor jullie, zeg.'

'Dat wilde ik ook net zeggen,' zei Renske quasi-verontwaardigd.

En weer zaten Angela en Renske samen te lachen.

Manou en Stef keken elkaar niet-begrijpend aan. Waren dit echt die twee meiden die anderhalf uur geleden zo onaardig tegen elkaar hadden gedaan?

# Het werd nu allemaal wel erg echt

Manou kon gewoon niet wachten tot het eindelijk twee uur was. Ze ging voor het eerst een les rijden! Daar raakte ze niet over uitgepraat. Renske en Stef werden er een beetje gek van. Tussen de middag kreeg ze bijna geen hap door haar keel. Het was dat Stef zei dat ze echt moest eten, omdat ze anders tijdens haar les wel eens misselijk van de honger kon worden, maar anders had ze haar brood in haar tas gelaten.

Al om kwart voor een wilde ze dat Stef Davids van stal ging halen, zodat ze het dier kon gaan borstelen en opzadelen.

'Nou overdrijf je toch echt,' zei Stef lachend. 'Als je er heel lang over doet, ben je in twintig minuten of een halfuur klaar. En dan moet die arme Davids nog drie kwartier wachten voordat hij naar de les mag. Dat kun je zo'n beest toch niet aandoen?'

Daar kon Manou niets tegen inbrengen. En dus maakte ze nog maar een rondje door de ponystal, in de hoop dat de tijd dan wat sneller ging. Ook deed ze alvast de rijlaarzen van Stef aan. Die pasten haar prima.

Maar toen het kwart over een was, hield ze het niet meer. Ze moest en zou alvast bezig gaan met Davids. Anders zou ze gaan gillen, dreigde ze.

En dus ging Stef de pony voor haar uit de stal halen. Davids had er geen enkel probleem mee dat hij veel eerder dan de andere pony's aan het hek werd vastgezet. Hij liet zich rustig borstelen en opzadelen.

De zenuwen gierden Manou door de keel. Het werd nu allemaal wel erg echt. Ze was er net aan gewend dat ze elke week mocht uitstappen na de les van Stef en nu moest ze zelf een hele les gaan rijden. Zou ze dat wel kunnen? Of zou ze hopeloos afgaan, net nu Renske erbij was? Eigenlijk maakte ze zich grote zorgen, maar daar zei ze natuurlijk niks over tegen haar vriendinnen.

Toch hadden Renske en Stef wel in de gaten dat Manou zich liep op te vreten van de spanning. Ze zagen haar schichtige blik steeds naar de klok gaan, en haar zenuwachtige bewegingen bij het borstelen van Davids. Maar ook zij zeiden vanzelfsprekend niets. Want ze wilden Manou niet nerveuzer maken dan ze al was.

Om halftwee kwamen de eerste kinderen van de groep waarmee Manou straks haar les zou gaan rijden. Ze keken op de

lijst aan de muur van de stal om te zien op welke pony ze dit keer mochten rijden. En ze haalden de dieren zelf van stal, helemaal alleen of met samen met hun ouders of een stalhulp.

Terwijl iedereen nog druk aan het borstelen was, stond Manou al helemaal klaar met Davids. Ze had Stef zover gekregen dat die de pony alvast losmaakte en in het middenpad neerzette. Manou was ernaast gaan staan, met Stefs cap op, Stefs rijlaarzen aan en onder haar arm Stefs zweepje, al wist ze echt niet wat ze daarmee zou moeten doen.

Toen Francine kwam kijken hoever de lesgroep inmiddels was, schoot ze in de lach bij het zien van Manou en Davids. 'Zo, jij hebt er zin in!' riep ze vrolijk.

Manou wist zo gauw niets terug te zeggen. In plaats daarvan keek ze maar weer eens naar de klok. Nog een kwartier.

'Kom maar vast mee naar de binnenbak,' zei Francine, terwijl ze een arm om Manous schouder legde. 'Voor Davids is het niet goed als hij hier zo lang moet stilstaan. En voor jou ook niet, geloof ik.'

Manou keek haar dankbaar aan. Gelukkig, ze mocht alvast naar binnen. Dan moesten ze Davids aansingelen en de beugels op maat hangen, wist ze. Op zo'n manier ging de tijd in ieder geval een stuk sneller.

Op weg naar de binnenbak keek ze ineens in paniek achterom naar Stef. Ze wenkte haar vriendin en fluisterde haar dringend toe: 'Kun jij Davids misschien even vasthouden? Ik moet ineens vreselijk nodig plassen.'

Ze verdween op een holletje naar de toiletten in de grote schuur. Renske en Stef keken haar glimlachend na.

# Waarom zegt ze dat dan niet gewoon?

Het was zover. Net als bij het uitstappen ging Manou op Davids zitten. Maar nu had ze echte rijlaarzen aan en een zweepje onder haar arm. En dit keer was het niet voor drie rondjes, maar voor een heel uur.

Ze was blij dat Stef de pony vasthield. Zou ze dat eigenlijk het hele uur blijven doen? Manou durfde het niet te vragen. Want stel je voor dat ze nee zei!

Het was dan wel een beginnersgroep, maar de kinderen om haar heen hadden allemaal al een paar weken les gehad. Voor Manou was alles nog nieuw.

Gelukkig zei Francine: 'Deze eerste keer loopt Stef nog met je mee. Net zo lang tot je alleen durft. Oké?'

Natuurlijk was dat oké. Manou was blij toe.

Terwijl de laatste kinderen nog bezig waren hun pony aan te singelen en hun beugels op maat te brengen, begon Stef met Davids en Manou aan het eerste rondje. In stap natuurlijk.

Toen ze voorbij de spiegel aan de zijmuur kwam, ging Manou automatisch rechtop zitten. Dat zag er goed uit, zij zo boven op een pony! Trots keek ze rond, maar de anderen hadden alleen oog voor zichzelf.

'Zitten jullie allemaal?' riep Francine vanuit het midden van de bak. 'Dan gaan we nu in stap. Allemaal op de rechterhand.'

Stef keek om, zag het vragende gezicht van Manou en zei lachend: 'Dat betekent dat we rechtsom gaan.'

'Waarom zegt ze dat dan niet gewoon?' vroeg Manou een beetje geërgerd.

152

Stef haalde haar schouders op. 'Zo heet dat nou eenmaal. Ik weet ook niet waarom.'

Na anderhalf rondje riep Francine: 'Oké, nu allemaal aandraven!'

Manou schrok. Moest zij dat ook doen?

En ja hoor, Stef draaide zich weer naar haar om en zei: 'Nu moet je dus staan-zit, staan-zit doen, je weet wel.'

Dat had Manou vaak genoeg gezien, maar zelf had ze het nog nooit gedaan. Voorzichtig ging ze in haar beugels staan, terwijl ze de teugels krampachtig vasthield.

Meteen begon Stef met de pony te hollen. Daar was Manou niet op voorbereid, dus zakte ze weer terug in het zadel.

'Staan-zit! Staan-zit!' riep Stef.

Goed, goed, ze had het wel gehoord! Manou zette haar tanden op elkaar en kwam uit het zadel. Om zich vervolgens weer te laten zakken. En weer. En weer.

Hé, dat viel helemaal niet tegen. Ze kreeg zelfs het idee dat ze meeging met de beweging van de pony!

'Goed zo, Manou!' riep Francine. 'Dat is draven!'

Apetrots keek Manou naar het muurtje naast het rolhek, waarachter Renske stond. Die stak twee duimen naar haar op. Vrijwel meteen was ze het ritme kwijt. Ze ging zitten op het moment dat de pony omhoogkwam en had het gevoel dat ze stuiterde in het zadel.

Stef had het meteen in de gaten. Terwijl ze door bleef rennen, riep ze over haar schouder: 'Gewoon twee tellen blijven zitten en dan weer omhoog!'

En jawel, dat werkte! Ineens had Manou het weer te pakken. Staan-zit. Staan-zit. Dat ging lekker.

'Nu van hand veranderen!'

Wat zou Francine daar nu weer mee bedoelen?

De uitleg van Stef liet niet lang op zich wachten. 'Dat betekent dat we schuin door het midden gaan en dan linksom.'

Dat klonk logisch. En het ging eigenlijk ook vanzelf. De hele rij ging vanuit een hoek naar de hoek schuin aan de overkant. En daar gingen ze niet rechts, maar links.

Ze begon er echt lol in te krijgen en vond het jammer dat Francine al na een paar rondjes riep: 'Allemaal terug naar stap.'

Wat gingen ze nu langzaam. Draf was eigenlijk veel leuker, bedacht Manou. Ze keek goed om zich heen en lachte in het voorbijgaan naar Renske, die naar haar riep: 'Het gaat hartstikke goed!'

Toen ze al meer dan een rondje in stap hadden gelopen, vroeg Stef: 'Zeg, merk jij niks?'

Manou keek haar vragend aan. Wat bedoelde ze?

Stef hield haar handen omhoog. 'Ik heb je al niet meer vast sinds we gestopt zijn met draven.'

Daar schrok Manou toch even van. Had Stef haar niet kunnen waarschuwen? Maar meteen begreep ze ook dat haar vriendin wel zo dicht in de buurt bleef dat ze meteen kon ingrijpen als er iets gebeurde. En dus glimlachte ze breed.

'Ik rijd dus helemaal los!' zei ze verbaasd. 'Helemaal alleen!'

'Yep,' antwoordde Stef. 'Helemaal alleen in je eerste les.'

## Mag ik? Please, please, please?

Manou was de koningin te rijk. Ze had haar eerste les gereden! En ze had helemaal alleen gestapt, zonder dat Stef haar
vasthield! En het draven ging hartstikke goed! En het was
haar zelfs gelukt om Davids een stukje achteruit te laten
lopen, door precies te doen wat de anderen deden: voeten
achteruit en aan de teugels trekken. Hartstikke simpel!
'Nou ben je een echte ruiter,' zei Stef, terwijl ze de singel van
het zadel losmaakte, 'dus moet je ook zelf je zadel opruimen.'
Oké, als dat moest, zou ze zich niet laten kennen. Stef kon
zo'n enorm zadel toch ook optillen? Manou moest al haar

kracht gebruiken, maar het lukte haar om het zadel van de pony af te halen.

'Je weet de weg naar de zadelkamer, hè?' vroeg Stef. 'Het zadel van Davids moet op nummer veertien.'

Hijgend van de krachtsinspanning sjouwde Manou naar de zadelkamer. Overal aan de muren hingen zadels op ijzeren stangen. Bij een van de vrije stangen hing het bordje met nummer veertien. Niet zonder moeite schoof ze het zadel erop. Ziezo!

Toen ze zich tevreden omdraaide, stond daar Stef met het hoofdstel van Davids in de hand. 'Hiervan moet je even het bit afspoelen,' wees ze, 'en dan kan het op haakje nummer veertien.'

O ja, dat had Manou wel eens vaker gezien. Het bit was de stang die de pony in zijn mond had gehad. Geen wonder dat zo'n ding afgespoeld moest worden, er zat vast allemaal kwijl aan.

Bij de wasbak hield ze het bit onder de kraan, waarna ze het hele hoofdstel ophing aan het daarvoor bestemde haakje. Ze droogde haar handen af aan haar broek.

'Geef me maar meteen mijn rijlaarzen terug,' zei Stef. 'Want ik moet straks zelf nog vrij rijden.'

Dat was waar ook. Gehoorzaam gaf Manou de laarzen af en ze trok haar eigen schoenen weer aan.

'Zullen we nu naar huis gaan?' vroeg ze aan Renske.

'Hé, en ik dan?' riep Stef verontwaardigd.

'We komen straks echt wel bij jou kijken,' beloofde Manou snel. 'Maar dat is pas om vijf uur. En ik wil nu zo graag aan mijn ouders gaan vertellen hoe het geweest is.'

Dat kon Stef zich gelukkig voorstellen. 'Ik blijf gewoon hier, hoor,' zei ze.

'Oké, tot straks,' groette Manou. Ze trok Renske met zich mee.

De weg naar huis legde Manou grotendeels huppelend af. Renske had er af en toe moeite mee om haar bij te houden.

'Mam! Mamsyl! Het was geweldig!' brulde Manou terwijl ze de keuken binnenrende.

Haar ouders zaten in de woonkamer thee te drinken. Lachend lieten ze de woordenvloed van Manou over zich heen komen.

'Het ging zo goed, het was echt geweldig!' riep Manou, nadat ze minstens drie keer achter elkaar had beschreven hoe goed ze Davids had laten draven en hoe lang ze wel niet alleen gereden had.

'Ik geloof dat Manou het vrij leuk heeft gevonden,' zei Patom droog tegen zijn vrouw.

'O ja?' vroeg Mamsyl, met vragend opgetrokken wenkbrauwen. 'Daar had ik niks van gemerkt.'

'Doe eens niet zo flauw, jullie!' riep Manou quasi-boos. 'Het was léúk, joh! Mag ik nu ook een leskaart kopen? Want dit wil ik veel vaker.' Ze keek haar ouders beurtelings smekend aan. 'Mag ik? Please, please, please?'

'Eigenlijk zag ik dit al aankomen,' bekende Mamsyl tegen Patom.

'Ik denk niet dat we hier nog onderuit komen,' antwoordde haar man met een gemaakt sip gezicht.

'Yes!' brulde Manou. Ze mocht een eigen leskaart!

En straks gingen ze nog bij Stef kijken op de manege! En Renske bleef ook nog een hele dag logeren! Dit was het mooiste weekend dat ze ooit had meegemaakt!